Brexit in Westfalen

Für
Reiner Einemann
unserem großartigen Totti-Tipper-Kamerad,
unserem lieben Freund und Kollegen,
leider schon im Mai 2020
viel zu früh mit nur 62 Jahren von uns gegangen

Manfred Schloßer

Brexit in Westfalen

Kriminalroman

Bibliografische Information der Deutschen Nationalbibliothek:
Die Deutsche Nationalbibliothek verzeichnet diese Publikation in der Deutschen
Nationalbibliografie; detaillierte bibliografische Daten sind im Internet über
dnb.dnb.de abrufbar.

© 2021 Manfred Schloßer
Satz, Umschlaggestaltung, Herstellung und Verlag: BoD – Books on Demand, Norderstedt
ISBN 978-3-7534-5275-3

Inhalt

Über den Autor

Manfred Schloßer, geboren 1951 in Selm, aufgewachsen in Datteln, wohnt seit 1980 in Hagen. Also ein Ruhri durch und durch: nach den Steinkohle-Städten Selm und Datteln wohnte er einmal in Meschede, im fernen Sauerland. Aber selbst dieser Ort liegt an der Ruhr. Danach folgten Wohnungen in der Ruhr-Metropole Dortmund und in seiner neuen Heimatstadt Hagen an der Ruhr.

Er studierte Sozialwissenschaft an der Bochumer Ruhr-Universität, Sozialarbeit an der Hagener Fachhochschule, Sozialpädagogik an der Dortmunder FHS und machte drei Diplome.

Zur Belohnung durfte er sein Geld als Leiter eines Abenteuerspielplatzes, eines Jugendzentrums und eines Jugendinformations-Zentrums verdienen und danach in einer Betreuungs-Behörde arbeiten.

Mittlerweile im ›Unruhestand‹, hat er noch viel mehr Zeit, seinen verschiedenen sportlichen Aktivitäten und natürlich seiner Leidenschaft fürs gedruckte Wort zu frönen.

Mit dem Krimi ›Brexit in Westfalen‹ erscheint 2021 bereits der vierzehnte Danny-Kowalski-Roman.

Bisher erschienen:
›Textilfrei unter Straßenräubern‹, Reise-Roman, 2020
›Die sieben Leben eines Fußball-Fans‹, Fußball-Roman, 2019
›Es geht eine Leiche auf Reisen‹, Krimi, 2018
›Die sieben Jahreszeiten der Musik‹, Musikroman, 2017
›Das Ekel von Horstel‹, Krimi, 2017
›Wer andren eine Feder schenkt‹, 2016
›Das Geheimnis um YOG'TZE‹, Krimi, 2015
›Zeitmaschine STOPP!‹, Öko-Science-Fiction-Story, 2014
›Leidenschaft im Briefkuvert‹, Liebesroman, 2013
›Der Junge, der eine Katze wurde … ‹, 2012
›Keine Leiche, keine Kohle…‹, Ruhrgebiets-Krimi, 2011
›Spätzünder, Spaßvögel & Sportskanonen‹, 2009
›Straßnroibas‹, Reise-Roman, 2007
Weitere Informationen im Internet: www.petmano.jimdofree.com

Personen

Irland-Connection – Die Traveller Patrick ›Paddy‹ O'Neill und Kenny Gallagher,
Crystal O‹Hara, genannt ›Crystal, die Sirene‹,
sowie Trent Smitty, Brian Johnsen und ›Simple‹ Simon,
alle aus Lifford in der Grafschaft Donegal.
Lehrerin Mary Duncan, gestorben mit nur 52 Jahren in Lifford
aus Galway – James ›Jimmy‹ McCracken und Jennifer,
Siobhan Smitty.
Inspector Steve McKenzie, zuständig für West-Irland

aus Cannock – Cindy und Lee Creedance
Chief Inspector Larry Hunter
vom ›Royal Oak‹ – Will, eigentlich Wilcox, Snunk und Philipp,
und vom ›Swan‹ – Ron, George, Paul, Aid, Angie und Mick, Julia und Jim

aus Vreden – Gerhild Appelhoff
Carlos Brambauer und seine Tochter Lena Brambauer
Hubert Schulte-Ladbeck, der leitende Hauptkommissar aus Bocholt, zuständig für Vreden
Lydia Funkenau aus Neuss, Kowalskis Bekannte aus der Studentenzeit in den 1980ern
Harry, Kowalskis Freund und Irland-Vielreisender, kennt sich in Donegal aus
Pitter O. aus der ›Runkel-Taiga‹, alter Schulkamerad, kommentiert lustige Sport-Anekdoten
Theo Gempel, Polizei Datteln
Jossi Bärlauch und Walter Zoppich, zwei stadtbekannte Dattelner Schläger

Danny Kowalski – Kommissar in Hagen
Fanny Bevenbreucker – seine flippige Kollegin
Bandura – Hauptkommissar in Hagen und Chefe von Kowalski
Moni und Lilli – Dannys Frau und Katze helfen von zu Hause

vom FunOut Hohenlimburg – Ella Tieffrau, HK, Fikret Caglayan, Gerd
›Bobesch« Mattes und Thomas Lübecker helfen Danny beim Recherchieren
Hannes Engelmann – ehemaliger Tipp-Kollege von Danny und Werner, auch
über den Tod hinaus direkt und klare Kante
Werner Sperling – Tipp- und Sportkollege
Conny – liebenswerte Wirtin des Kaffee im Quadrat

aus Hessen – ›Vadder‹ Josef Brehmer, Camping-Platzwart in Eppstein
Polizeihauptkommissar Ottmar Oldenburg, Polizeistation Kelkheim
Hauptkommissar Maximilian Felsenheim und seine junge Kollegin, Kommis-
sarin Christina Lerche in Wiesbaden, Kripo-Bezirk Westhessen

Oh Tinker, oh Tinka … , oder besser Traveller statt Tinker

– In eigener Sache –

Vor diesem Roman hatte ich selber noch nie etwas von Tinkern oder Travellern gehört, von daher kam mir der Begriff ›Tinker‹ auch nicht rassistisch vor. Ich dachte einfach nur, ›Tinker‹ sei die Übersetzung für Kesselflicker. Auf Grund meiner Recherchen fand ich heraus, dass sie selber lieber ›Traveller‹ genannt werden wollten. Die Übersetzung davon wäre ›Reisende‹. Das wiederum hörte sich für mich wie ›Vertreter‹ an und hatte einen abfälligen Beiklang. Nun gut, wenn sie gerne ›Traveller‹ genannt werden möchten, dann nenne ich sie auch so.

»… oh Tinker, oh Tinka …, oder besser Traveller statt Tinker«: trotz alledem möchte ich mich hiermit ausdrücklich bei allen Travellern oder Tinkern entschuldigen, die sich durch diesen Roman diskriminiert fühlen. Die Bezeichnung ›Tinker‹ ist in Irland und England heute überholt und nicht mehr üblich. Im Gegenteil, sie wird als rassistisch abgelehnt, ähnlich wie bei uns ›Zigeuner‹, die jetzt Sinti oder Roma genannt werden. Offiziell, und auch in eigenem Namen, wird statt Tinker lieber ›Traveller‹ gebraucht.

Das Phänomen der Traveller bzw. Tinker aus Irland wurde folgendermaßen erklärt: »Wer sind die Tinker? Wir erklären die Traveller aus Irland. Es soll in Irland und Großbritannien etwa 30.000 Traveller geben. Früher reisten sie mit Kutschen, heute sind sie meist mit Caravans und Zelten unterwegs. In Großbritannien gibt es teils noch immer Pferdemärkte von Tinkern wie vor hunderten Jahren. Denn die Pferde, die sie ursprünglich nutzten, heißen ebenfalls Tinker. In Deutschland verdienen sie teils Geld mit dem Teeren von Einfahrten oder anderen Landarbeiten. Die Tinker haben eine ganz eigene Kultur. Dazu zählt auch eine eigene Sprache, die Shelta heißt.« [*]

Schon im TV-Irland-Krimi mit Desiree Nosbusch als Polizei-Psychologin in Galway vor einigen Jahren ging es um einen sogenannten Traveller, der mit seinem Clan ohne festen Wohnsitz durch Irland zieht. Aha, also um einen Traveller, nicht um einen Tinker.

---

[*]   *DER WESTEN (mto) vom 08.08.2017*

Allerdings wurde in der Literatur durchaus noch von ›Tinkern‹ geschrieben. Diese Zitate habe ich dann entsprechend auch so belassen.

Klaus Vater beschrieb in CARTA, einem Onlinemagazin in der Form eines Autoren-Blogs, wie darin Margot Käßmann über die Tinker/Traveller/Pavee im Rheinland mit den Begriffen ›Invasoren‹, ›Okkupanten‹ und ›sommerlicher Rassismus‹ diskutierte: »Sie heißen Pavee. So nennen sie sich nämlich. Das Wort bedeutet im Irisch-Gälischen Händler. Von der Lebensart und von den traditionellen Berufen her betrachtet, die sie ausübten, stehen die Pavee den deutschen, schweizerischen und österreichischen Jenischen nahe. Nach wie vor ziehen viele der Pavee vom Frühjahr bis in den Herbst umher, um Arbeit anzubieten und gegebenenfalls etwas zu reparieren. Einige Zehntausend solcher Pavee-Familien soll es noch geben. Sie sind Bürgerinnen und Bürger der EU. Mit Rechten wie du und ich. Sie halten sich also nicht illegal im Rheinland auf, wenn sie Wohnwagen an Wohnwagen zur Sommerzeit über Straßen brausen, um etwa in Kevelaer oder anderswo Wallfahrtsorte und Gottesdienste zu besuchen, Heiraten zu feiern. Sie sind Katholiken, was manchen merkwürdig erscheint, denn sie fügen ein warnendes ›sollen sie sein‹ ein. Ob diese Leute meinen, Christus sei allein für sie gestorben und nicht für die Pavee, bleibt hierbei offen.

Seit Jahrhunderten ziehen sie umher, pflanzen sich auf öffentliche Plätze, pochen auf seit Jahrhunderten praktizierte Gewohnheiten – um regelmäßig zu hören: Campen abgelehnt. Verboten. Frist bis heute Nachmittag. Dann müsst ihr euch verdrückt haben. Ansonsten wird abgeräumt. Da sie immer und immer wieder abgelehnt und verjagt werden, fragen sie erst gar nicht mehr, ob sie hier oder da campieren dürfen. Verwaltungsrecht kontra Generationengewohnheit. Unsere auf Quadratzentimeter Nutzung ›geeichte‹ Gegenwart trifft auf die traditionsstarken Platzbesetzer. Immer wieder vorwurfsvoll zu hören: ›Die fahren ja Luxusautos!‹ Offenkundig können manche sich Menschen mit wechselndem Aufenthalt nur in ›Rostlauben‹ vorstellen. Pavee, Tinker, Landfahrende ätzen Vorurteile frei. Die Autos sind nicht geklaut, sondern Statussymbol, so wie uns der Kirschlorbeer ums Haus, das kühlende Weinregal, der offene Kamin oder ein Fernseh-Bildschirm für lockere 10.000 Euro beziehungsweise der Armani-Zwirn zum Statussymbol geworden sind. Und wenn die Frauen etwas prollig daher kommen, weil sie bunt schön finden, sollten wir die Nase nicht rümpfen. Für solche Frauen hat Shakespeare die Zeilen geschrieben:

›Komm, milde, liebevolle Nacht! Komm, gib
Mir meinen Romeo! Und stirbt er einst,
Nimm ihn, zerteil' in kleine Sterne ihn:
Er wird des Himmels Antlitz so verschönen,
Dass alle Welt sich in die Nacht verliebt‹ –

und nicht für die Catwalk-Bewohnerinnen aus der Glotze.

In England werden Pavees abschätzig ›Tinker‹ genannt, übersetzt Zinnkessel-Flicker, Traveller oder einfach Gypsys für Zigeuner und in Irland Itinerants. Pavees sind im Übrigen nicht krimineller als andere Gruppen. Man macht aber wegen jeder Schlägerei unter ihnen und wegen jedem Wildpinkler aus ihren Reihen mehr Buhei als bei anderen.«[*]

Mir sind sie gerade so vor meinen literarischen Kugelschreiber gelaufen, ohne dass ich ihnen Böses wollte.

Zumal die Traveller oder Tinker ein liebenswertes Völkchen sind, die ihren Freiheitsdrang und ihre Lebensfreude gerne zum Ausdruck bringen: »Sie wollen doch nur spielen.«

Das ist doch ein positiver Aspekt auf dem ›Atlas des Glücks‹ und daher eher unterstützungswürdig. Klar, sie sind meist ziemliche Feierbiester und können anderen Ruhe suchenden Mitmenschen mal auf den Zwirn gehen. Aber das liegt dann an den anderen. Ich persönlich wollte ihnen nichts. Nie hat mir einer von ihnen was getan. Und ich kenne auch niemanden von ihnen.

Ich wünsche ihnen viel Glück auf Erden, auf dass sie in Frieden weiter ihr Dingen machen können … !

---

[*] *Klaus Vater – Tinker im Rheinland: ›Invasoren‹, ›Okkupanten‹ und sommerlicher Rassismus, in CARTA vom 20.08.2017*

Prolog

Hagen. (iza) »*Im Industriegebiet endete eine wilde Verfolgungsjagd durch die Hagener Nacht von Montag auf Dienstag. Nachdem sich ein Fahrer und sein Beifahrer in einem Nissan-Pickup mit britischem Nummernschild einer Verkehrskontrolle auf der Heinitzstraße durch Flucht entzogen hatten, lieferten sie sich mit mehreren Polizeiwagen eine Verfolgungsjagd kreuz und quer durch Hagen. Im Verlauf dieser filmreifen Verfolgungsjagd kam es zu einer Karambolage auf der Haßleyer Straße, bei der ein Streifenwagen gerammt wurde und ein zweites Polizeiauto mit geplatztem Reifen nicht mehr fahrfähig war. Glücklicherweise gab es keine Verletzten. Auf dem Parkplatz einer metallverarbeitenden Firma nahe dem Stadtteil Herbeck im Lennetal wurde später durch den eingesetzten Polizeihubschrauber das verlassene Kraftfahrzeug gefunden. Von den Tätern jedoch fehlt auch nach einer Woche immer noch jedwede Spur, wie die Hagener Kriminalpolizei aus der Zentrale auf der Hoheleye mitteilte.*«

Westfälische Rundschau, aus dem Lokalteil
der Samstagsausgabe vom 23.02.2019

I. Traveller

Die Träume der Traveller

Die beiden Traveller-Buben Patrick O'Neill und Kenny Gallagher waren in den 1960er Jahren in einem kleinen irischen Dorf in der Nähe des Städtchens Lifford in der Grafschaft Donegal aufgewachsen. Wie jeder irische Junge spielten auch Paddy und Kenny auf dem Dorf-Anger Fußball. Und später als Jugendliche machten sie zusammen Musik. Singen können ja fast alle Iren, die einen gut, die anderen weniger, hihi …

Wie fast alle Traveller-Jungen träumten die beiden davon, entweder Fußballer oder Musiker zu werden. Aber meist wurden Traveller-Jungen, wenn sie berühmt werden sollten, eher Boxer. Denn das konnten sie alle prima, sich mit anderen prügeln. Und natürlich irgendwas mit Pferden machen, Pferdepfleger oder so was. Denn darin waren sie auch gut, sie konnten gut mit Pferden, die reinsten Pferdeflüsterer …

Aus Donegal kamen jedenfalls auch noch zwei andere bekannte irischen Persönlichkeiten, der Rock-Gitarrist und Singer-Songwriter Rory Gallagher (* 1948, † 1995) und der Fußballtorhüter Shay Given (* 1976). Der wurde Nationaltorhüter der irischen Mannschaft und zwischen 1996 und 2012 mit 125 Länderspielen sogar Rekordnationalspieler. Das alles geschah lange lange Zeit nach der Laufbahn eines anderen irischen Kicker-Volkshelden, Georgie Best (* 1946, † 2005). Der galt als einer der besten Fußballer aller Zeiten und kam von der von der anderen Seite der Grenze, nämlich aus Belfast in Nordirland. Der geniale Fußballstar wurde 1968 ›Europas Fußballer des Jahres‹ und außerdem wegen seiner langen Mähne auch der ›fünfte Beatle‹ genannt. Er war ein Kultspieler und ein wilder Typ, aber auch ein Womannizer und ein echter Lebenskünstler. Denn man sagte ihm folgendes Zitat nach: *»Ich habe viel von meinem Geld für Alkohol, Frauen und Autos ausgegeben. Den Rest habe ich einfach verprasst.«*

Der andere irische Weltstar war ein Musiker. Rory Gallagher wurde von Dietrich Schulze-Marmeling in einem Romankapitel als ›Der George Best der Bluesgitarre‹ beschrieben. Mit seiner Gruppe Taste hatte er seinen größten und bemerkenswertesten Auftritt am 28. August 1970 beim Isle of Wight Festival hingelegt, als ein begeistertes Publikum fünf Zugaben forderte. Einer davon war Danny Kowalski. Der lebte offensichtlich am Puls der Zeit. Denn im August 1970 hatte er zwei Wochen vorher George Best mit Manchester United bei Arsenal London Fußball spielen gesehen und sich dann beim Isle of Wight Festival an den Blues-Rock-Klängen von Taste und Rory Gallagher erfreut.

»Der Ire Rory Gallagher wird in einem Atemzug mit Jimi Hendrix und Eric Clapton genannt. Als Jimi Hendrix beim Isle of Wight Festival gefragt wurde, wie es sich anfühle, der beste Gitarrist der Welt zu sein, antwortete er: Ich weiß es nicht, fragt Rory Gallagher.«[*]

---

[*] *Dietrich Schulze-Marmeling – George Best, der ungezähmte Fußballer, Göttingen 2015, S. 107 im Kapitel ›Der George Best der Bluesgitarre‹*

Zurück im Städtchen Lifford: Kenny und Paddy waren die dicksten Freunde. Und beide wiederum liebten Mary Duncan. Die war früher ihre Lehrerin in Lifford gewesen. Sie behütete und beschützte die beiden aufmerksamen und lernwilligen Buben vom Dorf. Bei Kenny erweckte sie sogar sein Interesse an der deutschen Sprache und förderte ihn entsprechend. Damals wussten die beiden noch nicht, dass ihnen später als reisende Traveller Kennys Deutsch-kenntnisse bei ihren Ausflügen nach Deutschland vortrefflich helfen könnten. Na, jedenfalls kümmerte sie sich auch nach der Schule um die beiden smarten Iren. Sie schloß sie in ihr großherziges Herz. Die beiden wurden von ihr ver-zaubert. Sie wurde für die jungen Männer ihre erste zärtliche Liebhaberin.

Aber auch das waren nur noch verflossene Erinnerungen …

Nicht jeder, der mal mit nem Ball am Fuß gekickt hatte oder der mal ne Gitarre in der Hand hatte, wird auch gleich ein Fußball- oder Rockstar …

… aber Spaß kann man dabei haben, und vielleicht auch einen ›Stein im Brett‹ bei den Mädels … !?

Paddy, der local Fußball-Star, hatte Glück bei den Mädels. Seine Freundin hieß Crystal O‹Hara, wurde aber mit dem Spitznamen ›Crystal, die Sirene‹ belegt. Sie war nämlich Sängerin in einer unbekannten Dorf-Band, stach dabei aber mit ihren langen blonden Haaren und der hohen Stimme heraus. Sie er-innerte entfernt an den wunderschön klaren, ätherischen Gesang der Sängerin Jacqui McShee von der britischen Folkrockgruppe Pentangle mit ihrem Song ›Cruel Sister«. Sie war zwar Paddys Freundin, schwärmte aber nach einiger Zeit für Kenny, den Gitarristen. Da Paddy und Kenny selber Freunde waren, konnte sie in Lifford nie und nimmer ihre Gefühle für Kenny offen zeigen. Die beiden Freunde hätten sich dann bestimmt gegenseitig tot geprügelt. So blieb ihr nichts anderes übrig, als mit Kenny abzuhauen.

Das sagen manche den Travellers nach, was sie gut können: Spaß haben, sich betrinken, sich prügeln oder rumbumsen, im Zweifelsfalle dann immer abhauen, immer weiter, immer weiter ziehen …

Und Crystal und Kenny türmten also. Erst wollten sie zum Murder Hole Beach abhauen. Der liegt auch in Donegal. Die Gegend um den ›Mörder-Strand‹ gliedert sich in drei Halbinseln, die sich in den Atlantik strecken: Inishowen, Fanad und Rosguill Peninsula mit dem besagten Beach. Seinen Namen hatte er übrigens aus der gälischen Mythologie, dort soll der sagenhafte Finn mac Cumhaill den Mörder seines Vaters Goll mac Marna getötet haben.

Dann dachten die beiden sich aber: »Puuhh, das ist vielleicht ein bisken zu nah an Lifford dranne … !?« Also entschieden sie sich für den Trip nach Süden, Richtung Galway und Dingle. Sie hatten sich ein kleines Zelt eingepackt und trampten südwärts an der irischen Atlantikküste entlang. Ein Auto brachte sie bis nach Galway. Sie liebten die ständigen Berührungen mit der Küste. Es war ein wunderbarer sonniger Tag, der für sie auf einem mystischen Halbinsel-Felsplateau endete. Dort schlugen sie ihr Zelt auf, an drei Seiten vom Atlantik umgeben. Sie tranken viel von ihrem unterwegs gekauften Sixpack Guinness. Das machten sie regelmäßig und gerne, hier in Galway als auch später in Dingle. In Tralee erlebten sie sogar noch ein legendäres ›Horselips‹-Konzert, von dem sie kurzfristig durch ein Plakat unterwegs erfuhren. Haha, das war supii, da machten sie gerne mit. Und zusammen mit den Rowdies soffen sie die Guinness-Vorräte leer.

Von Tralee trampten sie weiter bis Dingle, wo sie sich an der hintersten Spitze der Dingle Bay in der totalen Einsamkeit verkrochen. Erschöpft ruhten sie sich im Zelt aus. Später badete Crystal im Atlantik. Sie hatten ja beide kein Badezeug dabei, weshalb sie beide nackig badeten.

»Brrrr, was war das kalt!«

Obwohl es Hochsommer war, brachte der Atlantik an der irischen Westküste mit seinen 5.000 km offenem Meer nur kalte Temperaturen für die beiden ans Ufer gespült. Deshalb kamen sie schnell aus dem Wasser und wollten sich in der Sonne trocknen und wärmen. Aber Kenny hatte ein großes Handtuch mit, welches er Crystal um die Schulter legte und sie trocken rubbelte. «Mmmmmhhh … «, das gefiel ihr sehr gut, wie er sie an ihrem ganzen Körper berührte. Kenny war schon vorher erregt, als er sie – die reinste Sirene – aus dem Wasser steigen sah: ein schlankes irisches Mädchen mit langen blonden Haaren, die sich nass und neckisch um ihre Brüste schmiegte. Sie war schon so eine Augenweide. Aber dass sie auch noch für ihn schwärmte, wie sie ihm vor ihrer überhasteten Flucht gestanden hatte, das machte für ihn die Situation noch prickelnder. Eine dichte Atmosphäre voller knisternder Erotik umfing die beiden. Die sich erst rubbelten, dann herzten und knutschten, dass ihnen fast die Luft weg blieb. Auch Crystal gefiel es sehr, was sie vor sich sah, den Jungenschwarm ihrer einsamen Nächte: jetzt aber volle Kanne Realität. Sie fühlte seine pralle Männlichkeit und war für ihn bereit. Kenny breitete das große Badetuch für sie aus, und sie liebten sich zum ersten Mal.

Später gingen sie beschwingt und glücklich zu Fuß rüber zum Ort Dingle, wo sie gerne und viel vom irischen dunklen Guinness-Bier in den gemütlichen Pubs tranken. Dort erlebten sie die mystischste Musiksession, an der sie je teil genommen hatten. Zusammen mit vier dazu gekommenen Franzosen musizierten und tanzten sie fast die ganze Nacht zu keltischen Klängen, die vom Felsenecho vervielfacht und von schreienden Möwen begleitet wurden. Die Session direkt am Meer startete, als die Sonne am Westhorizont im Atlantik unterging und zur selben Zeit am Osthorizont der Vollmond aufging. Die vielfältige Folkmusik mit Querflöte, Fiddle, vielerlei Perkussion, Echos, Möwen, Meeresrauschen, Bojentuten, Gesang und Gehopse erfreute ihre Seelen gar sehr.

»Thank you for this lovely day, my dear Kenny…,« seufzte Crystal glücklich und schmiegte sich an ihn.

Zurück an ihrem Zelt an der Dingle-Bay, genossen sie die ruhige Atlantikatmosphäre, tranken noch mehr von ihrem mitgebrachten Guinness und erlebten beim Zelten und Lieben auf der Landspitze ›Stille Tage in Dingle‹.

Nun ja, irgendwann mussten auch unsere beiden Liebenden wieder zurück. Es war nicht einfach, das ›normale‹ Leben in Lifford nach solch einer traumhaften Auszeit wieder aufzunehmen.

Kenny und Paddy blieben zwar Freunde, aber es blieb immer etwas zwischen ihnen, auch als Crystal später Hayes hieß, als sie mit einem anderen Mann, nämlich Tommy Hayes, verheiratet war …

… ja ja, später, aus Jugendlichen wurden junge Erwachsene, und daraus richtige Erwachsene, erst alle im Dorf bei Lifford, später ging es für viele hinaus in fremde Länder.

Tja, aber im Gegensatz zu seiner dörflichen Idylle liebte jedenfalls Patrick O'Neill erstaunlicherweise später als Erwachsener stattdessen große Steinhäuser, besonders Hochhäuser. Deswegen wollte er auch schon immer gerne mal nach New York, wegen der riesigen Wolkenkratzer.

Und dort würde er – jedenfalls war das sein Traum – lieber eine ganze Nacht in so einem Loft verbringen, als in den Straßen und Bars was zu erleben.

Solch ein Loft mit Balkon oder wenigstens mit einer Öffnung nach draußen, und das alles zehn Stockwerke oder höher, das bedeutete für ihn Freiheit …

Deshalb hatte er auch einen Vogel als Symbol für sich erkoren: den Doppel-adler, der hoch und weit fliegen konnte, und noch besser weit schauen konnte. Oder vielleicht auch doch lieber eine Taube, das Symbol des Friedens … ?

Und dann träumte er weiter: zusammen mit seinem Kumpel Kenny warfen sie sich Plastikblumentöpfe von einem Fenster zum nächsten zu, haha …

Kenny konnte übrigens genauso gut deutsch wie englisch sprechen, zumal er ja auch in seinen Träumen dort in Manhattan Kinder in Sprachen unter-richtete.

Traveller auf der Flucht

Von Irland über Großbritannien, Belgien, Niederlande bis nach Vreden …

Nachdem die Lehrerin Mary Duncan Anfang des neuen Jahrtausends im iri-schen Lifford mit nur 52 Jahren an Krebs gestorben war, gerieten ihre beiden ehemaligen Schüler Patrick ›Paddy‹ O'Neill und Kenny Gallagher aus der Bahn. Vorher hatten sie ›normal‹ viel Alkohol getrunken. Nach Marys Tod tranken sie unmäßig viel und waren ständig wegen irgendwelcher Raufereien mit dem Gesetz in Konflikt geraten. Und dann zogen sie los, eben das ›Tra-veller-Los‹, reisten ohne festen Wohnsitz herum. Erst nur durch Irland, dann auch durch England, Belgien, die Niederlande und Deutschland.

Den drei irischen Travellers Paddy, Kenny und ihr Kumpel Trent Smitty wurde es in Irland zu heiß. Denn sie hatten einiges ›ausgefressen‹. Es war nix richtig Schlimmes, was sie angestellt hatten, aber genug, dass sie von Polizei und Staatsgewalt wegen ihrer paar Einbrüche gesucht wurden. Eingesperrt werden will ja niemand, aber Traveller erst recht nicht. Denn sie lebten schon seit Jahrhunderten ihr freies ungebundenes Leben. Traveller sind ja bekannt-termaßen stolz, unbeherrscht und beratungsresistent.

›Lieber flüchten als sich nem Gericht zu stellen‹ lautete ihre Devise.

Deshalb tauchten sie zunächst in der Hauptstadt Dublin unter. Denn die irische Hauptstadt kannten sie nicht nur aus dem Roman ›Ulyssus‹ von James Joyce. Sie begeisterte sie dieses Mal besonders, weil sie geradezu von vielen schönen Mädchen überzuschwappen drohte. Dublin schien – wie man so in Insiderkreisen sagte – die direkte Nachfolge von Paris, London und Kopenhagen der 60er und early 70er Jahre in Bezug auf jugend-kulturelles Zentrum geworden zu sein. Da wussten jetzt die drei Traveller nicht soviel von, aber sie waren total von dieser ›Out-Glit‹-Atmosphäre überrascht und beeindruckt. Dazu tranken sie auch noch gerne und viel Guinness. Heikel-heikel: Traveller trinken, Traveller raufboldig …

Nee-nee, dann doch besser die Flucht von Dublin mit der Fähre rüber nach Holyhead in Nordwales. Dort kamen sie mit der Eisenbahn durch einen merkwürdigen Ort mit einem Wahnsinnsnamen vorbei: Llanfairrpwllgwyngyllgogerrychwyrndrobwllllantysiliogogogoch *(gesprochen: chanwärpwchgwinggächgogerichchwindrobwchlandisiligogogoch)*. So hieß der mit 60 Buchstaben rekordverdächtige Name des kleinen Städtchens in Wales. Sie befanden sich in Nord-Wales. Da wollten sie dann erst mal weg trampen: »ja, warum nicht? Warum sollten wir nicht einfach mal Wales erleben … !? Ist doch auch so schön. Wie geschaffen für uns Naturburschen.«

Sie kamen zwar bis an den Rand eines wunderschönen großen Wald- und Berg-Naturparks, aber leider nicht in den Park herein. Denn die Straße war so unbedeutend, dass sie keinen Anhalter-Lift bekamen. Und Busse fuhren da leider eh nicht hin. »Schade drum,« dachte Kenny, »aber unsere Füße waren zu dem Zeitpunkt schon überstrapaziert genug, um damit noch Tagesmärsche abzureißen.«

Außerdem sollten ihre Füße noch bei der kommenden Nachtquartiers-Suche einiges erleben, was eben nur Tramper erleben. Sie kletterten über Eisenbahngleise und –dämme, über Wiesen, durch Gestrüpp und Gedorn, über Bäche, Flüsse, Holz- und Stacheldrahtzäune, Gatter, Abhänge hoch und runter: alles mit ihrem schmalen Gepäck. Bis sie schließlich total erschöpft irgendwo auf einer Wiese liegen blieben. Da, wo sie sich fallen ließen, waren sie auch schon eingeschlafen. Bis dann der Farmer mit seinen Hunden kam. Aber es gab nicht den befürchteten Ärger, den sie sonst schon mal aus ihrer irischen Heimat kannten. Nein, im Gegenteil: der Farmer war sehr nett, und sie durften auf seiner Wiese campieren. Noch netter war am nächsten Morgen seine Frau, die ihnen einen ganzen Pint Milch (= 570 ml) und selbstgemachte walisische Kekse schenkte. Außerdem füllte sie noch ihre Feldflaschen mit dem kostbaren Element Wasser aus ihrem Vorratsbehälter auf. Denn es herrschte wegen des heißen Sommers eine enorme Wasserknappheit. Somit blieb der Wasserhahn von 19.00 bis 8.00 Uhr früh von der zentralen Hauptwasserstelle abgedreht.

Es hatte wegen des trockenen Sommers auch große Verluste für die Landwirt-
schaft, und überall gab es kleine Flächenbrände in den Wäldern. Da lernten
sie das kostbare Gastgeschenk Wasser besonders zu schätzen.

Am Abend erreichten sie die nächste Station ihrer Flucht. Und zwar im nord-
englischen Steinkohlerevier bei Birmingham in Cannock. Das ist übrigens
auch die englische Partnerstadt von Datteln.

In dieser Nacht in Cannock lernten sie Will kennen, der eigentlich Wilcox
hieß und ein aktiver Kohlen-Bergmann war. Er war jeden Tag besoffen oder
stoned, was für unsere Traveller-Freunde ja eher sympathisch erschien. Der
kannte Snunk und Philipp und die wiederum Ron, George, Paul, Aid, Angie
und Mick, Julia und Jim. Die ganze Clique schleppte die drei vom ›Royal
Oak‹ zum ›Swan‹ und besorgte ihnen somit einen nächtlichen Glit-Out. Sie
schwankten die ganze Zeit zwischen Whiskey, Wirtin und Zoider. Sie hatten
Glück, dass sie von Will mit zu ihm nach Hause kommen konnten. Dorthin
torkelten sie und philosophierten dabei über das Rausch-Universum, reichlich
verschönert durch jede Menge ›fuckings« und ›bullshit«. Das gefiel ihnen sehr,
und Paddy stimmte ihm spontan zu: «That's it, man!«

Am nächsten Morgen wachten die drei Traveller ziemlich verkatert auf, in
einem Zimmer voller Matratzen und sonst nix. Egal, ein Bett ist ein Bett ist ein
Bett … , und wenn es nur ne Matratze in einem Keller ist. Sie verabschiedeten
sich von Will und machten sich zu Fuß auf, um aus dieser Vorort-Siedlung
zu kommen. Als sie ein paar Blöcke weiter geschlendert waren, küsste sie das
›Glück des Untüchtigen«. Sie kamen die Wigmore Street entlang, wo die alte
Lady Cindy Creedance gerade ihren Wagen entlud. Normalerweise machte sie
das immer zusammen mit ihrem Ehemann Lee, der aber gerade unpässlich mit
Rücken im Bett lag. So musste Lady Cindy mal alleine einkaufen fahren. Sie
hatte es auch schon fast geschafft, sämtliche Einkäufe in Tüten und Taschen
ins Haus zu bringen. Es war nur noch der Kasten Stout-Bier auf der Ladeflä-
che übrig. Den würde sie nicht alleine schaffen, ins Haus zu tragen. Bevor sie
einen der Nachbarn danach fragte, dachte sie sich: «Vielleicht hat sich Lee ja
doch ein bisschen erholt … !? Dann könnten wir ihn zu Zweit reintragen … ?«
Deshalb ging sie ins Haus, ließ aber dummerweise den Autoschlüssel in ihrem
unverschlossenen Nissan stecken. Das bemerkten die drei Tinker und sahen
es für sich als ein Geschenk des Himmels an. Sie brauchten nur zum Auto zu
gehen, einzusteigen, den Wagen mit dem steckenden Schlüssel zu zünden und

loszufahren. Als Cindy aus dem Haus zurück zur Straße kam, war das Auto samt Bierkasten schon auf Nimmerwiedersehen verschwunden.

Kenny Gallagher, das schlaueste Kerlchen von den drei Travellers, hatte schon bei der ersten Gelegenheit im walisischen Holyhead an einem einsam stehenden Kraftfahrzeug die Nummernschilder vorne und hinten abgeschraubt. «Für alle Fälle, hihihi … «, hatte er kichernd gemeint. Die konnten sie jetzt hier in Cannock gut brauchen. Rasch um einige Ecken und ein paar Blocks weiter gefahren, bogen sie in einen Waldweg ab und stoppten kurz. In zwei Minuten waren die Nummernschilder ausgetauscht, und sie konnten beruhigt weiter fahren. Denn gesucht wurde nach Cindys entrüsteter Anzeige bei der Cannocker Polizei nur ein Nissan mit dem Kennzeichen von Lee Creedance's Wagen.

Jedenfalls klauten die drei in Cannock den Nissan-Pickup von Lee und Cindy Creedance. Der hatte praktischerweise eine Anhänger-Kupplung. Die war für ihren Eriba-Wohnwagen gedacht. Den Camping-Anhänger hatte das Ehepaar günstig und gebraucht von ihren Dattelner Freunden aus der Partnerstadt bekommen.

Tja, und sowas wie ne Anhängerkupplung gefällt einem Traveller immer. Ohne Anhänger-Kupplung ist für einen Traveller ein Kfz nur ein halbes Auto. Denn sowas braucht er ja ständig, damit er damit seinen Wohnwagen durch die Lande ziehen kann. Im Wohnwagen schlafen er und seine Frau, und im Auto kann er zu irgendeiner Arbeit fahren. Denn das machen sie im Allgemeinen, die Tinker, sie fahren von Job zu Job durch die Lande. Aber eine Anhängerkupplung ist auch sehr nützlich, weil sie damit für ihre zahlreichen Pferde einen Pferde-Anhänger verwenden könnten.

Mit dem gestohlenen Nissan fuhren sie durch England nach Dover, von dort mit der Fähre rüber nach Zeebrügge. Sie durchquerten Belgien und die Niederlande. Dort konnten sie günstig ›Schoenen koopen« (Schuhe kaufen), weil die in Irland so sehr teuer waren. Die Schuhe würden dann zu Hause im Wohnwagen oder Wohnmobil immer in stabile truhe-ähnliche Kisten kommen. Diese bevorzugten sie gegenüber herkömmlichen Koffern. Denn diese Truhen konnten dann auch als Sitzgelegenheiten draußen herhalten.

Die drei Traveller Patrick O'Neill, Kenny Gallagher und Trent Smitty fuhren also von Zeebrügge in Belgien durch die Niederlande. In der Nähe von Winterswijk überquerten sie die Grenze nach Deutschland. Da sie wie die meisten Iren leidenschaftliche Naturgucker waren, wollten sie sich unbedingt das Zwillbrocker Venn bei Vreden anschauen. Dort lebte eine Gruppe von Flamingos wild auf einer Insel in einem See. Da sie ja zu den Travellers und nicht zu den Sinti & Roma gehörten, waren sie auch noch nie beim Zigeunertreffen in Saintes Maries de la Mer in der Camargue gewesen.

Im Gegensatz zu den drei Travellers hatte Danny Kowalski schon einmal – lange bevor er bei der Polizei in Hagen anfing – ein Zigeunerfestival miterlebt. Alljährlich findet in Les Saintes-Maries-de-la-Mer in der Camargue im Mai ein weltbekanntes Zigeunerfestival statt. Dort hatte er 1974 nicht nur die idyllischen Städtchen Arles und Les Saintes-Maries-de-la-Mer, sondern auch die weiten flachen Sumpflandschaften im Rhone-Delta als eine Sonnen-beschienene Oase erlebt. Dort sah er wilde Pferde durch die Sümpfe und Wiesen jagen und rosafarbene Flamingos in den Sümpfen rum stolzieren. Die Sonne ballerte tagelang von morgens bis abends auf alle Teilnehmer und auf die Sanddünen am Meer. Beim Zigeunerfestival gab es Gipsys überall, und es kamen immer mehr. Sie machten schon tagsüber an allen Ecken Musik. Und in der Nacht, wenn der billige Rotwein aus den großen Plastikkanistern der südfranzösischen Lebensmittelgeschäfte in Strömen floss, dann wurde auch die Ekstase an allen Ecken und Enden größer. Alle Besucher klatschten sich die Hände wund und tanzten, was das Zeug hielt. Ja, das war das Zigeunerfestivals damals 1974, als Danny dabei war. Damals durfte man übrigens noch ohne schlechtes Gewissen von Zigeunern reden. Die Sinti- und Roma-Diskussionen fingen erst später an. Da wurde unter Zuhilfenahme von jeder Menge französischem Rotwein der rituelle Höhepunkt des Festivals gefeiert: Sarah, die Schutzpatronin aller Zigeuner, eine schwarze Madonna, wurde aus der Kirche von Les Saintes-Maries-de-la-Mer von einer Gruppe von Zigeunern auf einem Holzgestell durchs Dorf und danach ins Meer getragen. Dabei wurden sie von einer langen Prozession von Zigeunern und Zuschauern mit besonders viel rhythmischer Zigeunermusik begleitet: whow … ! Krass, voll die Ekstase beim Zigeunerfestival.

Na, jedenfalls gab es dort in der Camargue Unmengen der rosafarbenen Großvögel. Aber die Traveller waren nie in der Camargue, jetzt jedoch in Westfalia: also Flamingos gucken. Danach waren sie so aufgeputscht, dass sie sich betranken. Nun ja, dazu gehörte nicht viel. Das machten sie mehr oder weniger jeden Abend, jede Nacht.

Wo sie jetzt also Deutschland erreicht hatten, fuhren sie auch gleich mal zusammen abends in eine heiße Großraumdisko in Vreden, einem Städtchen im westlichen Münsterland, nahe der holländischen Grenze. Dort wurde zur Musik der 1980er Jahre die halbe Nacht in einem riesigen Zelt durch getanzt. Aber das Tanzen war für die Traveller nur Mittel zum Zweck. »Denn wir sind hier, um Sex mit deutschen Frauen zu haben und sämtliches Bier zu trinken«, erzählte der junge Kenny Gallagher übermütig dem Türsteher. Der fragte die drei: »Wo kommt ihr denn her?« Die Stimmung der drei Iren war sehr ausgelassen. »Wir sind aus Irland. Und das hier ist für uns wie ein riesiger Sex-Kongress«, meinte Paddy, der etwas ältere Ire, sichtlich schon etwas angetrunken. Der Türsteher ließ sie zwar durch, aber er dachte sich dabei: »Hm-hm, hoffentlich gibt das man keinen Ärger … !« Die drei Iren waren ja nach Deutschland gekommen, um zu feiern, zu trinken und zu bumsen. Sie hatten mit ihrer wilden ungehobelten Art für die deutschen Frauen durchaus was Exotisches. Sie kamen aus dem Ausland, waren aber nicht gleich farbig. Eins der Münsterländer Mädels hatte es den Dreien besonders angetan, denn es erinnerte sie wegen ihrer langen roten Haare und den vielen Sommersprossen an eine bestimmte junge Frau daheim in Irland. Dieses Mädel hieß Gerhild Appelhoff und war durch die glitzernde Welt der Diskothek auch ziemlich aufgeheizt. Aber sie wurde in dieser Nacht mit keinem der drei Iren ein Liebespaar …

Denn auch dieses Mal kam es zum Streit zwischen den Travellers. Und dadurch zum finalen Eklat. Paddy und Kenny gingen raus aus dem Zelt und schlugen sich erst wegen Gerhild und dann wegen Mary Duncan, einer gemeinsamen Verflossenen aus Irland, die Köpfe ein. Trent folgte ihnen sicherheitshalber auf Abstand. Denn die beiden Kumpels trieben sich durch die Straßen von Vreden, beschimpften sich lauthals und blieben immer wieder stehen, um aufeinander einzuprügeln. Paddy war schließlich hinüber. Kenny und Trent schauten sich in der Straße ›Up de Bookholt‹ um. Alles schien ruhig. Deshalb legten sie ihn dort in einem Garten ab. Hals über Kopf suchten sie den geklauten Nissan und flüchteten aus Vreden. Sie waren am Boden zerstört und total verwirrt.

Trent fuhr, Kenny grübelte: »Oh Gott, oh Gott, was habe ich nur getan … !? Meinen besten Kumpel erschlagen. Was soll denn nun aus uns werden … !?«

Am liebsten wollten sie weiter bis ans Meer flüchten. Die Iren kommen von einer Insel, und dort ist überall das Meer nicht weit. Das Meer beruhigt sie, denn das ist ewig.

Da fiel Kenny die Stadtkarte von Datteln ein. Die hatten sie nämlich auf dem Rücksitz des Nissans gefunden. Und die hatte er vorher schon mal ein wenig studiert. Darin hatte er das sogenannte ›Dattelner Meer‹ gefunden, am Zusammentreffen von Dortmund-Ems-Kanal und Wesel-Datteln-Kanal.

»Genau, Trent, das machen wir,« brach es aus Kenny raus, »wir fahren zum Dattelner Meer, das ist das nächste Meer hier weit und breit. Also aufi, aufi, ab zum Meer!« Nach Süden wollten sie eh, und da kam auch schon als nächster Ort nach Vreden das Städtchen Südlohn in Sicht, quasi wie eine Botschaft des Himmels. Erst nach Süden, dann zum Meer, und wenn es nur das kleine Dattelner Meer war. Das schien ihnen mit den vielen Kanälen ein interessanter Ort zu sein. Dort wollten sie sich erst mal verkriechen, um dann später weiter nach Süden zu flüchten.

Na, jedenfalls bei einem Besuch in Vreden im Sommer 2018 bei seinem alten Kumpel Carlos Brambauer aus Dattelner Zeiten erwachte Danny am nächsten Morgen vom lauten Geschrei von Carlos Tochter Lena: »Da, da, da liegt ein Toter im Garten ... !!!«

Carlotta, Lenas Mutter, war nicht zu Hause, da sie zu den Veranstaltern der Großraumdisko in Vreden gehörte und dort nach der letzten langen Nacht noch zu tun hatte.

Deswegen gingen Carlos und Danny nachschauen. Es war tatsächlich ein toter Mann. Er war bekleidet mit beige-brauner grober Kleidung, Manchester-Hose und blau-kariertem Holzfällerhemd. Und er war tot, groß, rothaarig und sommersprossig.

»Der sieht ja aus wie ein Traveller oder Pavee,« meinte Lena vorlaut.

Kowalski fragte sie: »Wie kommst du denn darauf?«

Lena hatte während ihres Anthropologie-Studiums auch zwei Jahre in Dublin gelebt und erklärte ihnen: »Wir Deutsche würden normale Iren und Traveller nicht auseinander halten können. Aber die Iren können das fast alle, an Hand von Gesten, Sprache und Aussehen der Traveller.«

Kowalski hakte ein: »Und woran erkennt man denn einen Traveller?«

Lena antwortete, indem sie das Gelernte aus ihrer Studienzeit an der Uni

Dublin gerne weiter gab: »Tja, woran man einen Irish Traveller erkennen kann … ? Ja ja, das ist eine komplexe Frage, sagte schon der irische Dichter und Maler Martin Collins.«

Dabei ›wischte‹ sie eifrig über ihr Smart-Phone: »Hier hab ich's. Das haben wir im vergangenen Semester noch gelernt. Dieser Martin Collins ist ja selber ein Traveller. Ich lese mal eben vor, was er darüber meint: ›Iren erkennen *meistens sofort, ob jemand zu unserem Volk gehört oder nicht.‹ Es seien subtile Zeichen – die Sprache, das Verhalten, vielleicht auch die Gesichtszüge. ›Ein Deutscher würde den Unterschied aber wahrscheinlich nicht sehen.‹ Travellers teilten eine gemeinsame Sprache, Kultur und Geschichte. ›Das heißt aber nicht, dass alle Travellers die gleichen Ansichten und dieselbe Lebensweise haben.‹ Manche seien dafür, ihre Kinder jung zu verheiraten – andere hielten das für falsch. Manche reisten das ganze Jahr – andere seien sesshaft. Manchen seien eine große Beerdigung und ein opulentes Grab wichtig – andere fänden das eher obszön.«[*]*

Nach Lenas ›Vortrag‹ untersuchten sie den Mann im Garten. In einer seiner großen Jackentaschen fanden sie eine Mappe mit Ausweis-Papieren und drei Fotos. Der irische Ausweis, eine Identy-Card wies ihn als Patrick O'Neill aus, geboren am 07.09.1960 in Lifford, Grafschaft Donegal, Irland. Auf einem der Fotos war dieser O'Neill mit einem anderen Mann zu sehen. Auf der Rückseite stand fein säuberlich, aber unbeholfen geschrieben: ›Patrick O'Neill und Kenny Gallagher‹.

»Aha,« meinte Carlos, »der Rothaarige, das ist ette hier, der Patrick. Und der Schwarzhaarige auf dem Foto, das wird dann wohl Kenny Gallagher sein … ?«

»Joh,« murmelte Danny, »der hat mit seinen schwarzen langen Locken echt ne gewisse Ähnlichkeit mit dem verstorbenen Rory Gallagher von Taste. Lena, guck doch mal eben in deinem Smartphone, wann der gestorben ist.«

»Ja, mach ich, kein Problem,« dabei ›wischte‹ Lena wieder emsig ihr Smart-Phone, »hier hab ich's schon. Rory Gallagher, geboren am 2. März 1948 in Ballyshannon im County Donegal, Irland, und gestorben am 14. Juni 1995 in London.«

»Ach guck,« meinte Kowalski überrascht, »tatsächlich auch einer aus Donegal. Das ist ja die Gegend ganz oben im Norden von Irland, in direkter Nach-

---

* *Helene Pawlitzki – ›Irish Travellers im Rheinland – das ist die Bilanz‹, in: RP-Online, 10.08.2017*

barschaft zu Nordirland. Na, und wenn der Patrick O'Neill und der Kenny Gallagher in etwa gleich alt sind, dann kann der Kenny auf jeden Fall nicht der Sohn von Rory Gallagher sein. Die wären ja nur 12 Jahre auseinander. Vielleicht der jüngere Bruder von Rory, wenn überhaupt ne verwandtschaftliche Beziehung da sein sollte … !«

Das zweite Foto war schon ziemlich abgegriffen. Anscheinend hatte der Tote es öfters angefasst. Und da eine hübsche rothaarige junge Frau darauf zu sehen war, konnte man auf eine emotionale Bindung zwischen Patrick und eben dieser Mary Duncan vermuten. Denn das war der Name, der hinten auf dem Foto geschrieben stand. Sie erinnerte mit ihrem blassen Gesicht und den langen mittelgescheitelten roten Haaren vom Typ her an Mary Hopkin, der Sängerin aus den 60er Jahren mit ihrem 1968er Hit ›Those Were The Days‹.

Auf dem dritten Foto waren vier Männer an einer Felsenküste zu sehen. Es zeigte eine schroffe Landzunge und einen goldenen Strand. Und hinten drauf war ganz unten der gruselige Spitzname des Strandes geschrieben: Murder Hole Beach, Donegal. Die vier Männer auf dem Farbfoto grinsten mit sonnengebräunten Gesichtern schelmisch in die Kamera. Und auf der Foto-Rückseite konnte man auch erfahren, um wen es sich handelte. Denn da stand mit der gleichen unbeholfenen Schrift zu lesen: ›Patrick O'Neill, Kenny Gallagher, Trent Smitty und Brian Johnsen‹. Sie waren alle etwa gleich groß, so um die 1,80 m bis 1,85 m. Patrick O'Neill hatten sie ja als Leiche im Garten liegen, und Kenny Gallagher sah wieder so aus wie der Taste-Gitarrist Rory Gallagher, genauso groß wie Paddy, aber schlanker. Trent war ein echter Klotz, vierschrötig, vollbärtig, kurze braune Haare, breit, massig, mit einem leichten Bierbauch. Brian war dagegen eher der blasse Typ, Sommersprossen, hellrote dünne fusselige Sauerkrauthaare und drahtige Figur.

»Na, da holen wir mal besser die Polizei, Danny, was … !? Oder willst du direkt übernehmen … ?«

»Nee-nee, lass mal stecken. Hol mal lieber meine Kollegen her.«

Trotzdem machte sich Kowalski aus alter Routine mit seiner Kamera Fotos von der Leiche, vom Ausweis und von den drei Fotos vorne und den beschrifteten Rückseiten. »Vielleicht kann ich die ja noch mal gebrauchen?« dachte er sich.

Lena wollte die beiden etwas aufmuntern: »Na, wie wär's mit nem Bier auf den Schreck?«

»Oh no, thanx a lot, my dear, für mich am Morgen noch kein Bier,« reimte Danny unbewusst daher.

»Und was zu futtern?« lockte die freundliche junge Frau, »ich hätte da zum Frühstück zwei Sorten koschere Plätzchen … ?«

»Heh … ? Koschere Plätzchen? Was ist das denn?«

»Na ja, koschere Backwaren sind immer frei von tierischen Fetten, also vom toten Tier, und daraus hergestellten Derivaten, wie bestimmte Emulgatoren,« antwortete Lena wie aus der Pistole geschossen.

»Ach so, ja, dann zeig mal her. Aber sach mal, wieso denn jetzt eigentlich koscheres Essen … ?«

»Ja, Danny, das passt doch gut zu so nem Traveller oder Pavee. Denn hier, die koscheren Kekse, die sind frei von Milchbestandteilen, also koscher-parve, verstehste? Da koschere Backwaren, die koscher-parve zertifiziert wurden, mit Ausnahme von Eiern und Honig, keine Bestandteile von toten Tieren enthalten, sind sie für Vegetarier geeignet.«

»Na gut, her damit. Aber lieber mit Kaffee, und kein Bier.«

»Für mich das gleiche, Lena,« orderte Carlos bei seiner Tochter ein zweites Frühstücks-Set.

Trotz des toten Iren im Garten ließen die beiden sich ihr Frühstück erst mal gut schmecken. Aber drinnen im Esszimmer. »Denn im Garten, datt is nur für die Harten … ‚« meinte Carlos lakonisch.

Die lokale Kripo aus Bocholt rückte in Vreden an, sicherte und besichtigte den Tatort, machte sich ihre Gedanken und befragte die Fundort-Zeugen. Kowalski verheimlichte nicht, dass er bei der Kripo in Hagen arbeitete: »Kollegen, ich bin ja nur zu Besuch hier. Von daher werde ich mich auch überhaupt nicht einmischen. Das ist euer Fall.«

»Ja nee, is klar, Kollege. Wir wissen schon, wie's geht … ‚« antwortete Hubert Schulte-Ladbeck, der leitende Hauptkommissar aus Bocholt, dann auch lakonisch.

Kowalski dachte sich im Stillen: »Boah, da müsste man doch direkt mal die Polizei in Irland befragen, ob was gegen die vier Männer oder die Frau vorliegt … ?«

Und was geschah eigentlich in der Zwischenzeit mit den flüchtenden Travellers seit Vreden? Ja, ja, wenig überraschend waren die beiden übrig gebliebenen

Traveller Kenny Gallagher und Trent Smitty weiter auf der Flucht. Sie landeten nach Vreden auf ihrer Fahrt erst mal in Datteln. Denn davon hatten sie ja zumindest einen Stadtplan, der im geklauten Auto lag. Eigentlich gefiel es ihnen dort mit dem Hafen, dem Dattelner Meer und den Kanälen ganz gut.

Iren sind ja gefühlsmäßig sehr wasserbezogen, denn in Irland als Insel ist es überall mehr oder weniger meeresnah. Dann noch die verschiedenen Flüsse und Seen im ganzen Land. Von daher gefiel ihnen Datteln recht gut, wie ein kleiner topografischer Ausflug des Dattelner Kanalnetzes erläutern könnte: Datteln hat so viele Kanäle, dass es sich zum größten Kanalknotenpunkt von Europa entwickelt hat, manche sagen sogar – von der Welt. Tja, und es hat ja dort einiges zu bieten: südlich der Lippe gibt es das sogenannte ›Dattelner Meer‹, was eigentlich nur ein erweitertes Hafenbecken ist, das sich aus dem Zusammentreffen des Dortmund-Ems-Kanals, aus dem Süden kommend, und dem aus dem Westen kommenden Wesel-Datteln-Kanal bildet, wobei sich nach Norden hin der Dortmund-Ems-Kanal auch noch in eine alte und eine neue Fahrt aufteilt. Und vom Dortmund-Ems-Kanal zweigt nach Osten der Datteln-Hamm-Kanal ab, wogegen bei Henrichenburg der Rhein-Herne-Kanal mit dem Dortmund-Ems-Kanal zusammen treffen. Viele Kanäle, viele Schleusen und Hebewerke, viele versteckte Wege.

Dann hatten die beiden irischen Traveller Trent Smitty und Kenny Gallagher auch noch das Glück, dass gerade der Zirkus Krone am Dattelner Meer lagerte. Denen waren sämtliche Pferdepfleger abhanden gekommen, teils durch Krankheit, teils abgehauen. Davon hatten die beiden Wind bekommen, da sie sich in der Kanalgegend rumtrieben. Traveller können ja gut mit Pferden. Das wussten wohl auch die Zirkusleute. Und ›whupp‹, waren die beiden vorübergehend eingestellt, um die kleine Pferdegruppe des Zirkus zu versorgen. Das klappte auch ganz gut, und Trent und Kenny waren versorgt und konnten weiterhin unterm Radarschirm leben. Bis sich dann der ursprüngliche Zirkus-Pferdepfleger nach vier Wochen wieder gesund zurück meldete. Da war für die beiden Traveller kein Platz mehr im Zirkus-Team.

Na ja, auf die Dauer wäre das eh nix für sie gewesen. Sie wollten ja eigentlich auch weiter südlich nach Hessen, zu den anderen Travellers entweder in Ginsheim bei Groß-Gerau oder auf einem Camping-Platz im hessischen Eppstein. Dahin fuhren sie über Hagen, wo es zu dem folgenschweren Zusammenstoß zwischen Travellers und Polizei kam, dem westfälischen ›Brexit in Hagen‹ …

Traveller oder auch Pavee

Als Pavee, auch Tinker, Gypsie, Itinerant oder Irish Traveller sowie irisch Lucht Siúil genannt, wird ein Mitglied der gleichnamigen und als fahrend beschriebenen soziokulturellen Gruppe irischen Ursprungs beschrieben, die vor allem in Irland, GB und den USA lebt. Darüber hinaus findet man Pavees in kleinerer Anzahl auch in Australien und Kanada. Mit Reisen bzw. Fahren ist eine historisch durch ökonomischen, rechtlichen und sozialen Ausschluss bedingte und kulturell verfestigte Form dauerhafter Binnen-Migration gemeint, die familienweise ausgeübt wurde und zum Teil noch wird.

Pavee ist eine der Eigenbezeichnungen irischer Reisender, die ebenso wie Minkiers oder irisch an Lucht Siúil (the walking people) üblich ist. Die weit verbreitete Fremdbezeichnung ›Tinker‹ entstand aus dem Zusammenhang des englischen Ausdrucks tinplate für Weißblech, d. h. verzinntes Eisenblech. Sie bezieht sich ähnlich dem deutschen Kesselflicker auf ein in dieser Gruppe historisch besonders verbreitetes Gewerbe, die Reparatur und Herstellung billigen Küchengeschirrs. Weitere Fremdbezeichnungen, meist abwertend, sind pikeys, knackers und auch gypsies, also Zigeuner. Die Pavee sind allerdings mit Roma-Gruppen ethnisch nicht verwandt. Die Ausdrücke gyppo und pikey sind besonders in Großbritannien weit verbreitet und negativ belegt.

In Irland wird der Begriff Itinerants, also Umherziehende oder Wandernde, für Pavees verwendet. Viele der Betroffenen legen heute jedoch Wert darauf, mit ihrer Eigenbezeichnung pavee oder der weit verbreiteten und eher neutralen Fremdbezeichnung Travellers (englisch: Reisende) benannt zu werden.

Die Bezeichnung ›Tinker‹ ist in Irland und England heute überholt und nicht mehr üblich. Im Gegenteil, sie wird als rassistisch abgelehnt, ähnlich wie bei uns ›Zigeuner‹, die jetzt Sinti oder Roma genannt werden. Offiziell, und auch in eigenem Namen, wird statt ›Tinker‹ lieber ›Traveller‹ gebraucht.

Foto oben: Puck Fair, Killorglin, um 1900

Und doch: Traveller klauen heute noch so viel wie über die ›Tinker‹ in der Literatur der vergangenen 300 Jahre geschrieben wurde. 2018 sah Kowalskis Freund Harry während einer Irland-Reise einen Beitrag im Staatsfernsehen ITV. Es wurde über eine Razzia in einem Travellercamp berichtet, und danach in einer Sporthalle in Sligo in Irlands Nordwesten das Diebesgut ausgestellt. Worauf aus der gesamten Republik Menschen anreisten und dort Rasenmäher, Baumaterial und anderes Zeug wiederfanden, das ihnen geklaut worden war. Tja, das Klauen stellte sich als system-immanente Handlung einer Familie/ Sippe dar, die am Rand der Gesellschaft angesiedelt ist.

Pavee in Deutschland

Hier sind die irischen Landfahrer (›Tinker‹) in großen Gruppen bei Zusammentreffen zu gemeinsamen Festen und Treffpunkten im Großraum Düsseldorf, Mönchengladbach, Neuss, wie u. a. auf Hochzeiten, verschiedenen
traditionellen Festen, wie dem St. Patrick Day oder dem mehrtägige Puck Fair
Germany Fest sowie bei traditionellen Gedenkmärschen aufgefallen.

Der Puck Fair Germany wächst von Jahr zu Jahr, so dass es schon fast an den
Puck Fair aus der kleinen Ortschaft Killorglin, County Kerry herankommt.
Mitte August findet dort ein außergewöhnliches, mehrtägiges Straßenfest
statt. Symbolisch wird von den Einwohnern ein Ziegenbock zum König von
Irland gekrönt. Um diese Zeremonie gibt es zahlreiche Ereignisse. In Deutsch-
land wird kein Ziegenbock gekrönt, sondern ein altes Mufflon Namens MC
Herkules d.n.b.

In die Ortschaften Korschenbroich, Willich, Kaarst und Meerbusch kommen jedes Jahr Zehntausende von traditionellen Pavee. Aber auch andere,
laut Karpatenwilli, einem Internetjournal, kamen viele Zigeuner aus Rumänien und Bulgarien in diese Gemeinden. Presseberichte über ihr aggressives
Verhalten fördern ein negatives Bild, zumal die Finanzierung ihres teilweise
aufwendigen Lebensstils unklar erscheint. So führt bereits das Erscheinen
der Pavee in einer Region in der Presse zur Berichterstattung. Nachdem die
Besucher einer Hochzeit im August 2013 aus Bonn abgereist waren, musste
die Stadt circa vier Tonnen Abfall vom Standplatz entsorgen. Kostenlos zur
Verfügung gestellte Mobiltoiletten wurden von den Pavee umgeworfen. Der

Umgang mit den Pavee und die durch sie verursachten hohen Kosten führten zu Diskussionen im Stadtrat.*

Traveller-Leben trifft auf Mainstream

Das Travellerleben ist eigentlich ganz einfach: in den Tag hinein leben, ohne etwas zu planen. Daher ist es unstrukturiert, ungeordnet und ungesichert. Konflikte entstehen eigentlich erst beim Aufeinandertreffen mit dem Mainstream, also mit ›normalen‹ Menschen, die ein normales Leben führen, in festen Häusern, alles geplant und alles geordnet.

Tinker-Pferde

Es ist ja bekannt, dass die Traveller es gut mit Pferden können. Passend dazu gibt es eine eigene Pferderasse, die Tinker, gutmütige braun gescheckte Tiere. Das stammt wahrscheinlich aus der Zeit, als es noch keine Autos gab. Denn damals waren die Traveller auch schon unterwegs, dann eben mit Pferdewagen.

»Tinker, Irish Tinker oder Gypsy Cob sind Bezeichnungen für Pferde der Rasse Irish Cob und weitere Pferde ähnlichen Typs, die jedoch nicht als Irish Cobs anerkannt werden. In den USA sind sie als Gypsy Vanner bekannt. Dabei handelt es sich um die ursprünglich als Arbeitstiere fahrender Kesselflicker in Großbritannien und Irland verwendeten Pferde, die in den 1990er Jahren in Mitteleuropa zu Modepferden avancierten. In Deutschland ist der Tinker eine anerkannte Rasse, bei der auch Irish Cobs eintragungsfähig sind. Tinker weisen Merkmale von Pony, Warmblutpferd und Kaltblutpferd auf, im Gesamtbild ist der Körperbau eines kaltblutgeprägten Zugpferdes vorherrschend.

Tinker sind kräftige Arbeitspferde mit eher gedrungenem, starkknochigem Körperbau. Ihr Erscheinungsbild ist wenig einheitlich; gemeinsame Merkmale sind der ausgeprägte Fesselbehang und das üppige Langhaar. Auch die

---

* *Pavee in Deutschland, in Wikipedia, 18. August 2020*

Fellfarben der Pferde sind sehr unterschiedlich, wobei Schecken häufiger vorkommen.«[*]

Manche Traveller – so sagt man – behandeln ihre Pferde besser als ihre Frauen …

Traveller in Hagen und Hohenlimburg

Nach ihrer Flucht aus Vreden kamen die beiden Flüchtigen, Trent Smitty und Kenny Gallagher, über Datteln nach Hagen, weil sie hier einen weiteren Traveller kannten, Brian Johnsen. Der wohnte mit anderen ›Freien‹ aus Ungarn in der Ebendstraße in Hohenlimburg. Doch bevor sie ihn ansteuerten, wollten sie noch eben in die Hagener City. Dort gab es einen Irish Pub, das ›Jekyll & Hyde‹, Ecke Hochstraße/Kampstraße, in dem wollten sie ein paar Guinness vom Fass zischen. »Wenn man schon mal die Gelegenheit auf ein irisches Fassbier hat … !« meinte Kenny Gallagher. Aber auf dem Weg in die Innenstadt hatten sie das folgenschwere Zusammentreffen mit der Hagener Polizei, inklusive Zusammen-Crash und Flucht kreuz die quer durch das Stadtgebiet, eben den ›Brexit in Hagen‹.

»Gut, dass ich Brian in der Hohenlimburger Ebendstraße schon mal besucht habe und mich hier ein bisschen auskenne,« dachte sich Kenny. Denn er und Trent Smitty rasten nach dem Zusammenstoß mit dem Polizeiwagen zielsicher mit dem Nissan nach Herbeck, einem Stadtteil auf halber Strecke zwischen Hagen und Hohenlimburg. Sie stellten den Wagen einfach bei einer versteckten Firma im Lennetal ab. Von dort flüchteten die beiden zu Fuß weiter nach Hohenlimburg.

Auch in Hagen-Hohenlimburg gab es mal eine Zeit, als ungarische und irische Wanderarbeiter in der Ebendstraße für erhebliche Unruhe sorgten. Ungarn und Zigeuner, der Zusammenhang lag auf der Hand, auch wenn man heutzutage politisch korrekt nicht mehr von ›Zigeunern‹ sprechen darf oder soll oder tut. Es geht ja mittlerweile soweit, dass die früher berühmte Zigeuner-Sauce, die für aufs Zigeuner-Schnitzel, jetzt nur noch ›scharfe Sauce aus ungarischen Steppen-Regionen‹ genannt werden darf. Tja, da kam es also in der Hohen-

---

[*]   *Tinker-Pferde, in Wikipedia, 13. August 2020*

limburger Ebendstraße zu einer durchaus folgerichtigen Verbindung zwischen ungarischen Steppenregion-Bewohnern und irischen Travellern. Zu den letzteren gehörte Brian Johnsen.

»Hagen-Hohenlimburg. Anwohner der Ebendstraße beklagen chaotische Lage. In einigen Mehrfamilienhäusern an der Ebendstraße wohnen seit einigen Monaten Arbeitnehmer aus Ungarn. Sie stören die Ruhe und parken die schmale Anliegerstraße zu. Das führt zu chaotischen Verhältnissen. Jetzt ist für die Anwohner der Ebendstraße das Fass übergelaufen, denn die neuen Bewohner der Mehrfamilienhäuser sorgen für Lärm und für ein Parkchaos. In der Nacht von Samstag zum Sonntag musste um 2 Uhr erneut die Polizei anrücken, um für Ruhe zu sorgen. Nicht das erste Mal, wie die Pressestelle der Polizei auf Anfrage bestätigte. Am Wochenende zeigten sich dabei zwei alkoholisierte Männer beim Eintreffen der Polizei wenig einsichtig, dass weit nach Mitternacht in einer Wohnstraße Ruhe herrschen müsse. Deshalb forderten die Beamten der Wache Hohenlimburg Verstärkung an und brachten mit zwei Polizeifahrzeugen einen 27-jährigen und einen 19-jährigen Ungarn zur Ausnüchterung und zur Beruhigung in Gewahrsam.«[*]

Der Zusammenhang mit der Auto-Verfolgungsjagd durch Hagen bis nach Herbeck lag da nahe. Denn die Insassen eines Nissans mit britischem Kfz.-Kennzeichen flüchteten von der Fabrik in Herbeck zu Fuß nach Hohenlimburg. Anscheinend kannten sie sich besser dort aus, als die sie verfolgende Polizei. Kein Wunder, denn es handelte sich hier um die übrig gebliebenen beiden irischen Traveller Trent Smitty und Kenny Gallagher, die ihren alten Kumpel aus Lifford, Brian Johnsen, in der Hohenlimburger Ebendstraße besuchen wollten. Und einer der beiden, nämlich Kenny, war schon mal 2017 in der Ebendstraße gemeldet gewesen, als es dort mit ungarischen Arbeitern Probleme wegen Lärmbelästigung gab.

Nach einer längeren Verfolgungsjagd durchs nächtliche Hagen hatten die beiden Traveller Trent und Kenny die Polizei auf Grund von Trents hervorragenden Rennfahrer-Qualitäten erfolgreich abgehängt. Sie flüchteten mit hohem Tempo über die B 7 ostwärts Richtung Hohenlimburg. Auf halber Strecke bogen sie links in die Hammacher Straße ein, die ihnen zum Verstecken ideal erschien. Sie wussten ja nicht, dass sie die beiden sie verfolgenden Hagener

---

[*] *Volker Bremshey, Westfalenpost Hagen, 20.09.2017*

Polizeiwagen zu Klump demoliert hatten und sie im Moment gar nicht mehr direkt verfolgt wurden. Sonst hätten sie ja gleich nach Hohenlimburg und rauf zur Ebendstraße zu ihrem Kumpel Brian Johnsen düsen können.

Nun denn, auf der neuen Autobahnbrücke über der A 46 hielt Trent Smitty plötzlich an. Sie hatten einen weiten Überblick über das Industriegebiet entlang der Lenne-Schiene, viel Felder und Gebüsch. Da es gerade Vollmond hatte, sahen sie einige Kilometer weit. Für Trent sah das, was er erblickte, verlockend aus: »Schau mal, Kenny dort hinten rechts, das gelbe Haus.«

Sie konnten das einzeln stehende Haus am Ortsrand von Berchum wegen des hell strahlenden Mondes gut erkennen, was sonst nur bei Tag und Sonnenlicht möglich war.

»Ja, und was ist damit?« fragte Kenny, »kennst du da jemand? Willst du da jetzt hin gurken?«

In Irland – das kannten sie aus ihrer Heimat – war es so üblich, dass verschiedene Branchen leicht an der Farbe des Hauses zu erkennen waren. So hatten die Lackierer halt alle gerne gelbe Häuser. Trent wies seinen Kumpel darauf hin: »wir sollten mal nächste Tage dort zu dem Lackierer und unsere Fluchtkarre umlackieren lassen, damit wir nicht so leicht zu erkennen sind ... Aber nicht jetzt mitten in der Nacht. Jetzt verstecken wir den Wagen erst mal und machen uns zu Fuß vom Acker. Bis Hohenlimburg ist nicht mehr weit ... « Dabei dachte er, dass das in Deutschland natürlich auch so sei: alle Lackierer haben gelbe Häuser, klaro-klaro!

Noch bevor Kenny sein »Okie-Dokie« zu Ende gesagt hatte, startete Trent mit einer U-Wende den Nissan, fuhr ihn 50 m zurück und dort links rein auf das Werksgelände der HMV, also der Hagener Metall-Verarbeitung. Auf dem Firmenparkplatz ließen sie den Nissan stehen. Die Firma war von der Hammacher Straße nicht einsehbar und somit ideal für ein vorübergehendes Versteck. Und da sie unweit von Hohenlimburg lag, flüchteten sie zu Fuß parallel zur B 7 durch die Büsche. »Am nächsten Tag,« so dachten sie sich, »wenn sich wieder alles beruhigt haben wird, können wir das Auto abholen und umlackieren lassen.«

Da hatten sie sich natürlich ziemlich verzockt. Denn es gab ein Riesen-Bohei um ihre Flucht. Mit Hubschrauber-Einsatz wurde der abgestellte Nissan noch in der selben Nacht gefunden. Aber das wussten die beiden ja nicht. Ihr cleverer Kumpel Brian Johnsen aus der Ebendstraße ›lieh‹ sich ein Fahrrad von den Ungarn und fuhr mal unauffällig zur Hammacherstraße. Er kettete das blaue Fahrrad dort auch ordnungsgemäß an einem Verkehrsschild an. Aber was er da durchs Gebüsch beim Blick auf das Fabrikgelände der HMV alles so sah, das ließ ihm die Haare zu Berge stehen: überall wieselten Bullen rum. Das verhieß nix Gutes. Und als dann auch noch von der B 7 ein Polizeiwagen mit eingeschaltetem Martinshorn und rotierendem Blaulicht um die Ecke geschossen kam, war er mit seinen Nerven völlig runter. Er ließ das Fahrrad einfach dort stehen und tat so, als sei er ein Spaziergänger. Zu Fuß machte er sich auf den Weg nach Hohenlimburg, um seinen irischen Kumpels die schlechte Botschaft zu überbringen.

Die Hessen kommen ...

Irische Landfahrer in Hessen. Früher hieß es in einem Sprichwort, das für Angst und Schrecken sorgte: »Die Hessen kommen ... « Heute ist es eher umgekehrt, wenn die braven Hessen vor Angst und Schrecken raunen: »Die Traveller kommen ... «

Jedes Jahr im August erwartet man in Hessen die Durchfahrt der irischen Traveller, Nachfahren von umherziehenden Händlern. Was von der Tradition übrig ist, ist ein Saufgelage.

Jedes Jahr fahren sie durch Hessen. Ihre Vorfahren sollen einst Schmiede, Viehhändler, Weber, Schuhmacher, Scherenschleifer, Schornsteinfeger, Erntearbeiter und Wahrsager gewesen sein. Nein, keine ›Zigeuner‹, denn so wollen die Traveller aus Irland nicht genannt werden. Heute fahren sie statt Kutschen modernste Wohnmobile, gezogen von Pferdestärken auf vier Rädern. Sie gelten als meist gläubige Katholiken und reisen jährlich von den Britischen Inseln durch Europa – traditionell Mitte August auch durch die Region Rheinland/Hessen. Traveller, auch bekannt als ›Pavees‹ oder ›Tinker‹ (Kesselflicker), die früher in Irland und Großbritannien und als Hausierer, Kesselflicker und Pferdehändler ihr Brot verdienten. Die ›Tinker‹ sprechen ihre eigene Sprache, ein Mix aus irisch-gälischen, englischen und romanischen Wörtern.

Traveller in Eppstein, Hessen

Müll der irischen Traveller

irische Traveller am Rhein

Foto oben: Wohnmobile irischer Landfahrer stehen auf einem Campingplatz in Eppstein (Hessen).

Nur wenige der heutigen Travellers sollen ein regelmäßiges Einkommen haben. Die große Mehrheit lebt offenbar von Unterstützung der Wohlfahrt. Etwa 30.000 der überwiegend streng katholischen Traveller leben bis heute in Irland, einige tausend auch in Nordirland, Großbritannien und den USA. Versuche, sie sesshaft zu machen, sind nach Angaben der katholischen Nachrichtenagentur KNA nur bedingt erfolgreich. Das Umherziehen von Ort zu Ort ist Teil ihrer Kultur. Der Großteil der Travellers ist KNA zufolge jünger als 25 Jahre; nur jeder fünfte werde älter als 50 Jahre. In den vergangenen Jahren gab es in Deutschland wiederholt Klagen von Anwohnern und Schwierigkeiten mit dem Ordnungsamt – so in Minden, Köln, Bonn, dem niederrheinischen Wallfahrtsort Kevelaer oder Mainz. Das fahrende Volk hatte sich mit rund 100 Wohnwagen und etwa 600 Männern, Frauen und Kindern auf einer Wiese in Ginsheim-Gustavsburg bei Groß Gerau niedergelassen. Die Bilder zeigten die knapp bekleideten – irischen – Frauen und betrunkene Traveller. Anwohner berichteten, ihre privaten Grundstücke würden ›als Toiletten missbraucht‹. Ginsheim-Gustavsburgs Bürgermeister Thies Puttins von Trotha war froh, dass die Traveller wieder weg waren. Das Lager der Reisenden in der 16.000 Einwohner zählenden Stadt musste aufgeräumt werden: viel Müll, unzählige leere Flaschen und Bierkisten. Es hätte wie nach einem Rockfestival ausgesehen, sagte der Bürgermeister.[*]

Auch auf einem Campingplatz in der Nähe des hessischen Hofheim musste die Polizei einschreiten. Die Iren meldeten sich ganz normal als Campingplatzgäste an. Die Beschwerden kamen erst in der Nacht, als sie im benachbarten Kelkheim auf Kneipentour gingen. Die Polizei war vor Ort, um Präsenz zu zeigen, und hielt den Campern eine Ansprache. Diese seien ›erheblich alkoholisiert und sehr aggressiv gewesen‹. Es gab einige Beschwerden über Sachbeschädigungen und Zechprellereien. Auch Streitigkeiten mit Anwohnern wurden gemeldet. Die hessische Polizei sagte, bisher seien keine Strafanzeigen eingegangen. Die Wirte und der Betreiber des Campingplatzes würden sich ja sicher auch sehr über die Mehreinnahmen freuen. Für die Müllbeseitigung sei der Campingplatzbetreiber zuständig, der mit den Gästen jedes Jahr Vorabkasse vereinbart habe. Campingplatzbetreiber Jörg Steimer zeigte sich gelassen. Er habe schon seit 30 Jahren ›das fahrende Volk zu Gast‹, sagte er. Bislang habe es nie größere Probleme gegeben. Schwarze Schafe gebe es wie überall, seine Erfahrungen mit den Travellern seien aber positiv. [*]

Schlecht ausgebildet, arbeitslos, arm: viele Landfahrer aus Irland führen ein hartes Leben. Oft sind die Traveller nicht willkommen – nicht nur in Irland,

---

[*] *Robert Klages, Dpa – Hessen, Irische Landfahrer hinterlassen Chaos, 17.08.2016*

sondern auch im Ausland. Sie sind meist mit dem Wohnwagen unterwegs. Und wo sie campen, sorgen sie schnell für Aufsehen und Beschwerden von Anwohnern – auch in Deutschland. Dabei folgen sie nur ihrer Tradition: irische Traveller, die in diesem Sommer unter anderem in den Niederlanden und in Bulgarien unterwegs sind, treffen vielerorts auf Vorurteile. Dabei sei das Ausmaß der Wanderbewegung geringer als es die Schlagzeilen vermuten lassen, betont ein Sprecher der irischen Traveller-Bewegung ITM in einem Gespräch mit der Deutschen Presse-Agentur in Dublin. »Einige Familien mögen zum Arbeiten ins Ausland reisen, etwa zum Teeren. Aber es gibt traditionell im Sommer keinen allgemeinen Exodus, sicherlich nicht aus Dublin.«[*]

Viele glauben, dass die Traveller in Irland während der Hungersnot im 19. Jahrhundert ihres Landes enteignet wurden. Doch Forscher fanden kürzlich heraus, dass sie schon um 1650 als separate Gruppe auftauchten. Wissenschaftler des Royal College of Surgeons in Dublin und der britischen Universität Edinburgh erklären genetische Unterschiede zwischen der Traveller-Gemeinde und der sesshaften Bevölkerung damit, dass die Landfahrer jahrhundertelang isoliert waren. Sie seien auch nicht, wie oft vermutet, mit den Roma verwandt.

Brexit in Great Britain

Das ganze Drama um die Traveller Paddy und Kenny geschah mit dem Hintergrund des Brexits in Großbritannien. Nach jahrelangem Hin und Her, zuerst mit Premierministerin Theresa May, danach mit Boris Johnson …

Theresa May prognostizierte 2016 zum Brexit, dass für Großbritannien schwere Zeiten anbrechen würden: *»Nach dem ersten Brexit-Schock kehren die britischen Unternehmen allmählich wieder zur Normalität zurück. Das Thema Brexit dominiert den Auftritt der britischen Premierministerin Theresa May beim G20-Gipfel, Tausende Briten demonstrieren gegen den Austritt ihres Landes aus der EU. Doch wie kann man den stoppen? Und könnte Frankreich denselben Weg gehen?*

Tausende Menschen haben in London und anderen Städten Großbritanni-

---

* AZ/dpa, aus: Augsburger Allgemeine 13.08.2017

ens gegen den Austritt ihres Landes aus der EU demonstriert. Der ›March for Europe‹ zog am Samstag vom Hyde Park über das Regierungsviertel zum Parlament, wo am Montag über ein zweites EU-Referendum debattiert werden soll. Mehr als vier Millionen Menschen hatten sich in einer Petition dafür ausgesprochen. Eine Abstimmung ist aber nicht vorgesehen; die Regierung hat eine erneute Volksabstimmung mehrfach ausschlossen.«[*]

Hat Johnson nun den Brexit-Durchbruch geschafft … ? Denn das britische Unterhaus stimmte dem EU-Austritt zu. »Nur eine Woche nach dem Wahlsieg der Tories jubelten die Brexit-Anhänger. Denn das Austrittsgesetz gewann endlich die Zustimmung des Unterhauses. Mit 358:234 stimmten am 20.12.2019 die Abgeordneten für die Brexit-Vorlage. Damit wird GB am 31.01.2020 aus der EU austreten.«[**]

In England siegten somit die ›alten Säcke‹ über die Jugend und die Zukunft des Landes. Schottland hat schon ein Referendum ins Auge gefasst, um sich von GB abzuspalten und damit in der EU bleiben zu können. In Nordirland flammen schon wieder die ersten Feuer des Hasses auf, der nach dem Frieden in Nordirland besänftigt schien. Nun wird Londonderry auf einmal zur Grenzstadt zwischen Nordirland, GB, und Irland, EU.

Eine der ersten Amtshandlungen des britischen Premiers Boris Johnson nach dem GB-Brexit 2020 war, dass er sich in einem Krankenhaus behandeln lassen musste. Denn er hatte sich das Corona-Virus gefangen. Das kam davon, wenn man so gerne wie er in der Menge badete, und dann auch noch anfangs die Gefahr des Corona-Virus negiert hatte. Mit dem Ergebnis, dass in GB das Corona-Virus mit am meisten Tote auf der Welt verursachte.

Der Brexit also genau während der Corona-Epidemie, als Boris Johnson selber Corona bekam, aber trotzdem die Corona-Gefahr immer wieder unter den Teppich kehrte. Das geschah übrigens genauso wie bei den anderen weltweiten Egomanen Bolsonaro in Brasilien und Trump in den USA. Das Ergebnis: England hatte die höchsten Corona-Zahlen in Europa.

Brexit und Corona-Zeit fielen aber auch zusammen mit der grandiosen englischen Fußball-Meisterschaft des FC Liverpool unter Jürgen ›Kloppo‹ Klopp im Sommer 2020, nach drei Jahrzehnten ohne Meistertitel. Da sollte eigentlich

---

[*]   *Theresa May über Brexit, dpa/Tomasz Gzell, 05.09.2016*
[**]   *Brexit-Durchbruch für Johnson, in westf. Rundschau, 21.12.2019*

zur Corona-Zeit, als die Premierleague-Spiele eh alle ohne Zuschauer durchgeführt wurden, auch die Meisterfeier ohne Fans stattfinden … sollte eigentlich, war aber nicht so. Die Roten (nach den roten Trikots des FC Liverpool) feierten bierselig ohne Abstand und ohne Masken, als hätten sie noch nie was von Corona gehört.

Gegen Ende des Jahres 2020 drohte dann der totale ›Break-Brexit‹ ohne jeden Deal, da sich die verfeindeten Parteien aus GB und EU einfach nicht einigen konnten. Es gab einen heftigen Streit um die Fischerei-Rechte, wobei Frankreich mit einem Veto drohte.

Währenddessen schien Boris Johnson sein Großbritannien vor die Wand zu fahren, denn eine riesige wirtschaftliche Rezession stand den Briten bevor. Alle würden dadurch zu ökonomischen Verlierern: Deutschland, Belgien und die Niederlande, aber besonders Großbritannien. Das galt auch für Schottland, das am liebsten aus GB austreten und in der EU bleiben wollte. Das durften die Schotten aber nicht, weil es ihnen die GB-Zentralregierung in London nicht erlaubte. Und in Irland und Nordirland würde es womöglich nach einer längeren friedlichen Phase bald wieder Bürgerkrieg geben … !?

»Beim Poker um einen Brexit-Deal befand sich Schottland in einer misslichen Lage. Obwohl die Mehrheit der Schotten Mitglied in der Europäischen Union bleiben wollte, musste das Land als Teil von Großbritannien Ende Januar austreten. Das sorgt in Schottland seit jeher für Wut und Unmut – der sich jetzt angesichts der nahenden Konsequenzen verschärft. Droht jetzt sogar ein zweites Referendum? Wäre es nur nach Schottland gegangen, wäre heute alles anders: GB wäre noch Mitglied in der EU, zähe Verhandlungen über einen Austritts-Vertrag gäbe es eben so wenig wie die Furcht vor einem harten Brexit und Gezanke um Fischereirechte, Sozial- und Umweltstandards. Denn 62 Prozent der Schotten haben im Referendum über den EU-Austritt mit ›Remain‹ gestimmt – wollten Mitglied der EU bleiben. Die bittere Pille aber: Mitziehen musste Schottland als Teil des Vereinigten Königreichs dennoch und trat am 31. Januar 2020 aus der EU aus. Bis Ende des Jahres bleibt es noch Teil des EU-Binnenmarktes und der Zollunion. Einen Vertrag über die künftigen Beziehungen mit der EU gibt es bis dato noch nicht. Eine Forderung nach einem zweitem Referendum ist genau das, was die Schotten aktuell fordern. Schon 2014 haben sie über die Unabhängigkeit vom Vereinigten Königreich abgestimmt, sich aber mit einer knappen Mehrheit für den Verbleib entschieden. Weil die Karten durch die Entscheidung für einen Brexit und die Coronakrise neu gemischt wurden, will das 5,5-Millionen-Einwohner-Land erneut abstimmen.«[*]

---

[*] *Marie Illner, in gmx.net vom 12.12.2020*

II. Dezernat ›Z‹

Kowalski im Dezernat ›Z‹

Wie ging es eigentlich Kommissar Kowalski inzwischen, zwei Jahre nach seinem letzten großen Fall mit der Münsterländer «Reise-Leiche»? Damals 2018 – während der für die deutschen Kicker so grandios gescheiterten Fußball-Weltmeisterschaft in Russland – war ja sein Klinik-Aufenthalt schon Jahre her. Er war wieder zurück in der ›Hoheleye«, zu seiner Arbeitsstelle, dem Hagener Polizei-Präsidium. Dort hatten die von der Personalabteilung die glorreiche Idee gehabt, ihm und seiner damals neuen Kollegin Fanny Bevenbreucker im Keller des Präsidiums ein kleines Kommissariat für alle nicht aufgeklärten Fälle einzurichten: das Sonder-Dezernat ›Z«. Das geschah durchaus in augenzwinkernder Anlehnung an das sagenumwobene Sonderdezernat ›Q« um den dänischen Roman-Kommissar Carl Mörk aus der Feder von Jussi Adler-Olsen. Und das Motto ›was in Kopenhagen klappt, das wird schon auch in unserem Hagen gut gehen‹, war ein voller Erfolg.

Kowalski hatte inzwischen die medizinische Kontrolle über seinen Körper zurück gewonnen. Denn seit über acht Jahren hatte er keine einzige Schmerztablette mehr genommen. Stattdessen machte er lieber Sport. Jeden Tag absolvierte er sein regelmäßiges Sportprogramm, morgens beginnend mit den ›Fünf Tibetern« und Jonglieren mit drei und vier Bällen. Zusätzlich besuchte er dann auch noch regelmäßig dreimal die Woche das Fitness-Center Fun-Out in Hagen-Hohenlimburg. Letzteres war allerdings in den Lockdown-Phasen 2020 und 2021 nicht möglich, da das Fun-Out wie viele Einrichtungen und Geschäfte schließen musste. Was blieb ihm übrig, als den Sommer über mit Nordic Walking durch den Fleyer Wald zu toben und im Winter wieder seine früheren QiGong-Übungen aufzunehmen und alle paar Tage auf dem Hometrainer zu radeln.

In den letzten Jahren vor seinem Renteneintritt kam er mit Hilfe der ›echten« Altersteilzeit, also nur noch 50 % Arbeit, ganz gut zurecht. Da er sich dieses Arbeitspensum auf vier Tage die Woche verteilte, konnte er in seiner neu hinzugewonnen Freizeit den gesundheitsfördernden Sport im Fitness-Center und auch zu Hause gut mit der Arbeit ›unter einen Hut« bringen. Finanziell kam er damit klar. Und seine Lebensqualität und vor allem die Gesundheit hatten sich erheblich verbessert.

Mit seiner immer noch jungen flippigen Kollegin Fanny Bevenbreucker hatte er sich hervorragend arrangiert. Sie waren ein gutes Team geworden. Sie passten ja auch kleidungsmäßig ganz gut zusammen. Denn Kowalski hatte im Sommer eine Vorliebe für bunte Textilien aller Art entwickelt, seien es Hawaii-Hemden, Blumen- und Tiermotive oder großgemustertes Design, Hauptsache farbenfroh. Zusammen mit den Walle-Walle-Kleidern der farbenprächtigen rothaarigen Frau gaben sie ein Bild von schreiend bunten Farb-Orgien ab. So wurden sie von manchen Kollegen oder Kolleginnen spaßeshalber benannt, als «ach, unsere Indianer sind wieder auf dem Kriegspfad, hihihi ... .«

Tja, dann kam es aber 2020 wegen der weltweiten Corona-Pandemie zu mehreren Lockdowns. Das hieß in ihrem Fall: Home-Office, also immer abwechselnd eine Woche Kowalski im Büro und Fanny im Home-Office, und in der nächsten Woche umgekehrt. Kowalski begann mit ›Büro«, Fanny mit Home-Office. Da sie in Sachen PC- und Internet-Einrichtung gewiefter war, machte sie zu Hause bei sich das Home-Office erst mal klar.

Kowalski war also allein im Büro und begann, in den grünen Gerichts-Akten zu blättern. Dabei dachte er: »solange Fanny sich zu Hause ihr Home-Office einrichtet, werde ich sie nicht stören und mich mal ganz meditativ mit diesen alten Fällen beschäftigen.«

Auf der ersten Akte stand mit dickem schwarzen Filzstift geschrieben:

BREXIT in Hagen, 2 Täter im britischen Fluchtauto

und darunter etwas dünner:

2019.

»Ah ja,« erinnerte er sich, »2019 war das Jahr der Tat ... «

Dagegen herrschten 2020 wegen der Corona-Pandemie und der diversen Lockdowns überwiegend eingeschränkte Arbeitsbedingungen. Da hätten sie von träumen können, sich mal eben zusammen ins Auto zu setzen, um einen alten Tatort anzuschauen. Klar, Polizei-Einsätze mit Mann neben Mann oder auch neben Frau, die gab es reichlichst, aber nur, wenn klare unabweisbare Einsatz-Bedingungen es notwendig machten. Das war im Dez. ›Z‹, die mit den

alten unaufgeklärten Fällen, nicht immer nötig, zumindest in der Anfangs-
phase der Recherchen.

Stattdessen sah es oft so aus … :

Polizeibericht

Nun denn, dann also erst einmal Recherchen-Recherchen-Recherchen. Da
Kowalski sich gerade eh in seinem Kellerbüro befand, nahm er sich den dün-
nen Hefter ›Brexit in Hagen‹ vor. Die Grundlage für ihn war wie immer der
Polizeibericht, den er gleich auf dem ersten Blatt fand.

POL-HA: Verfolgungsfahrt mit Pickup – Streifenwagen gerammt
Polizei Hagen, 19.02.2019 – 09:15

»Hagen (ots). Am Dienstag, den 19.02.2019, bemerkte eine Streifenwagenbesatzung gegen 03:50 Uhr einen Pickup auf der Heinitzstraße. Dieser fuhr
in Richtung Innenstadt und missachtete das Rotlicht einer Ampel. Als die
Polizisten dem Autofahrer Anhaltezeichen gaben, beschleunigte dieser sein
Fahrzeug. Schnell stand fest, dass der Nissan-Fahrer der Polizei und der Kontrolle entkommen wollte. Die Verfolgungsfahrt führte von der Heinitzstraße
zum Wasserlosen Tal. Dort bog der Fliehende, teils im Gegenverkehr, nach
links in die Haßleyer Straße ab. Wenig später bremste er stark und bis zum
Stillstand ab. Unmittelbar darauf legte der Fahrer den Rückwärtsgang ein und
rammte den Streifenwagen. Dieser wurde so stark beschädigt, dass er nicht
weiterfahren konnte. Ein zweiter Streifenwagen, welcher sich aus der entgegen
gesetzten Richtung näherte, musste dem erneut Fahrt aufnehmenden Pickup
ausweichen, um eine Kollision zu vermeiden. Dabei prallte er gegen eine Ver-
kehrsinsel, wobei ein Reifen platzte. Der Nissan Navara konnte zunächst in
Richtung Eppenhauser Straße entkommen. Mit Hilfe von Verstärkungskräften
aus Dortmund, Unna und dem Märkischen Kreis fanden die Beamten das
abgestellte Fahrzeug wenig später auf einem Firmengelände. Die Polizisten
umstellten und durchsuchten das Gebäude des Unternehmens. Die Fahndung
erstreckte sich auf das Hagener Stadtgebiet und die Ortsgrenzen. Weder die

Fahndungskräfte, noch der eingesetzte Hubschrauber konnten den Fahrer finden. Den Pickup mit britischem Kennzeichen stellten die Ermittler sicher. Ob sich außer dem Fahrer weitere Personen im Fahrzeug befanden, ist zurzeit Gegenstand der Ermittlungen. Die Polizisten blieben bei den Unfällen unverletzt. An den Streifenwagen entstand ein Schaden von zirka 30.000 Euro. Das Verkehrskommissariat sucht nach weiteren Zeugen. Wer kann Hinweise zu dem auffälligen Nissan Navara, dem Fahrzeugführer und eventuellen Insassen geben? Hinweise nimmt die Polizei unter 02331-986 –2066 entgegen.

Rückfragen bitte an: Polizei Hagen, Joachim Rehberg
Telefon: 02331/986-1512
Fax: 02331/986-1519
E-Mail: pressestelle.hagen@polizei.nrw.de
http://www.polizei.nrw.de/hagen/
https://www.facebook.com/Polizei.NRW.HA.«[*]

Kowalski staunte nicht schlecht, was da so ein einzelner britischer Wagen alles mit der Hagener Polizei anstellen konnte.

»Mann-Mann-Mann, die Briten,« schimpfte er vor sich her, »reicht es denen nicht, ihren eigenen politischen Brexit von Europa durchzuziehen … !? Müssen sie das jetzt auch noch in Hagen zelebrieren … !?«

Dann studierte Kowalski ausgiebig die beigefügte Kartenskizze mit der wilden Verfolgungsjagd durch Hagen. Er versuchte, sich vorzustellen, wie und was damals in jener Nacht des 19. Februar 2019 vorgefallen war, als sich der Fahrer des Nissan mit britischem Kennzeichen einer Polizeikontrolle durch Flucht entzog …

»Wahnsinn,« dachte Kowalski, »da schaffte es ein britischer Pickup-Fahrer, zwei Polizeiwagen außer Gefecht zu setzen und dann auch noch im Dunkeln der Nacht zu entkommen. Der mußte sich in Hagen wohl gut ausgekannt haben … !?«

Auf jeden Fall hatte er aber mit selten gesehener Entschlossenheit seinen Willen zur Flucht demonstriert.

»Tja,« grübelte Kowalski weiter, »dass gleich zwei Polizeiwagen den britischen Nissan nicht stoppen konnten … Boah, das wirft ja nicht gerade ein gutes Licht auf uns von der Hagener Polizei.«

---

[*] *Polizeibericht zu ›Verfolgungsfahrt mit Pickup – Streifenwagen gerammt‹, ots 19.02.2019*

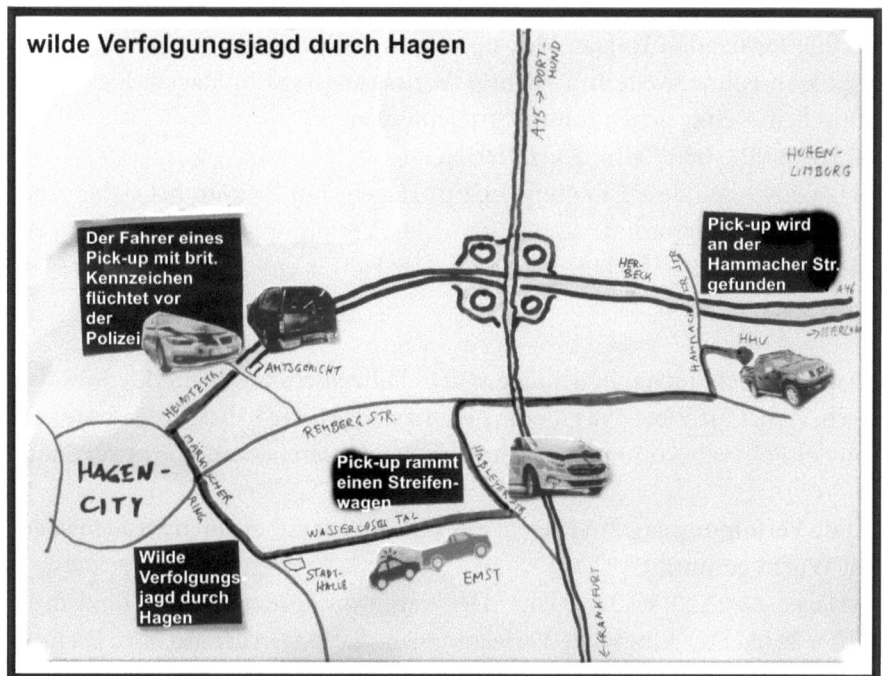

Denn der flüchtete über die Haßleyer Straße und raste die B 7 Richtung Hohenlimburg weiter ostwärts, über die Donnerkuhle, bis er schließlich links in die Hammacher Straße abbog und das Auto auf dem Parkplatz einer metallverarbeitenden Firma abstellte. Dort wurde es Stunden später von einem Hubschrauber entdeckt.

»Puuuhhhh, was für eine aufregende Verfolgungsjagd,« dachte Kowalski, »und wofür das alles? Was steckte wohl dahinter, dass der Brite bei der Polizeikontrolle nicht anhielt und stattdessen flüchtete … ?«

Aus der Presse – Verfolgungsjagd in Hagen

Wo Kowalski schon mal im Stoff drin war, schaute er sich auch gleich die Pressemitteilungen zum Fall ›Brexit in Hagen‹ vom Februar 2019 an. Da gab es im Hefter derer drei: eine vom Stadtanzeiger, eine von der Westfalenpost und eine von der Redaktion TACH.

Verfolgungsjagd in Hagen: Pick-up rammt Polizeiauto
»Nissan-Fahrer weiterhin flüchtig. Verfolgungsjagd in Hagen: Pickup mit britischem Kennzeichen rammt Streifenwagen.

20.02.2019 – 08:17 Uhr, FAHNDUNG

HAGEN.   Wilde Verfolgungsjagd in Hagen: Ein Pick-up hat dabei einen Streifenwagen gerammt. … … Eine wilde Verfolgungsjagd hat sich in der Nacht zu Dienstag in Hagen ereignet. Der Fahrer eines Pick-ups zeigte sich dabei sehr aggressiv … «[*]

»Das kenne ich doch schon alles aus dem Polizeibericht,« bemerkte Kowalski rasch, »Wort für Wort. Na gut, die Zeitungsredakteure haben die Infos ja auch von der Polizei bekommen … Schau ich mal in den nächsten Presseartikel.«

Wilde Verfolgungsjagd in Hagen: Ein Pick-up hat dabei einen Streifenwagen mit Wucht gerammt.
»Hagen. 22.02.2019 – 22:29 Uhr.   Der Wagen wurde inzwischen gefunden, der Fahrer ist flüchtig. Eine wilde Verfolgungsjagd hat sich in der Nacht zu Dienstag in Hagen ereignet. Der Fahrer eines Pick-ups zeigte sich dabei sehr aggressiv, auch mit einem Polizeihubschrauber konnte er nicht gestellt werden … «[**]

»Same-same,« dachte sich Kowalski. Blätter-blätter-blätter. »Auch dieser Pressebericht bringt mir keine neuen Erkenntnisse. Woher auch? Wenn es noch keine gab … «

Polizei umstellt Firmengelände
»Mit Hilfe von Verstärkungskräften aus Dortmund, Unna und dem Märkischen Kreis fanden die Beamten das abgestellte Fahrzeug wenig später auf einem Firmengelände. Die Polizisten umstellten und durchsuchten das Gebäude des Unternehmens. Die Fahndung erstreckte sich auf das Hagener Stadtgebiet und die Ortsgrenzen. Weder die Fahndungskräfte, noch der eingesetzte Hubschrauber konnten den Fahrer finden. Den Pickup mit britischem Kennzeichen stellten die Ermittler sicher. Ob sich außer dem Fahrer weitere Personen im Fahrzeug befanden, ist zurzeit Gegenstand der Ermittlungen.

---

[*]   *Stadtanzeiger – Lokalkompass aus Hagen, 19.02. 2019, 09:26 Uhr*
[**]   *Westfalenpost Hagen, 22.02.2019*

Die Polizisten blieben bei den Unfällen unverletzt. An den Streifenwagen entstand ein Schaden von zirka 30.000 Euro. Das Verkehrskommissariat sucht nach weiteren Zeugen. Wer kann Hinweise zu dem auffälligen Nissan Navara, dem Fahrzeugführer und eventuellen Insassen geben? Hinweise nimmt die Polizei unter Tel. 02331-986 2066 entgegen.«

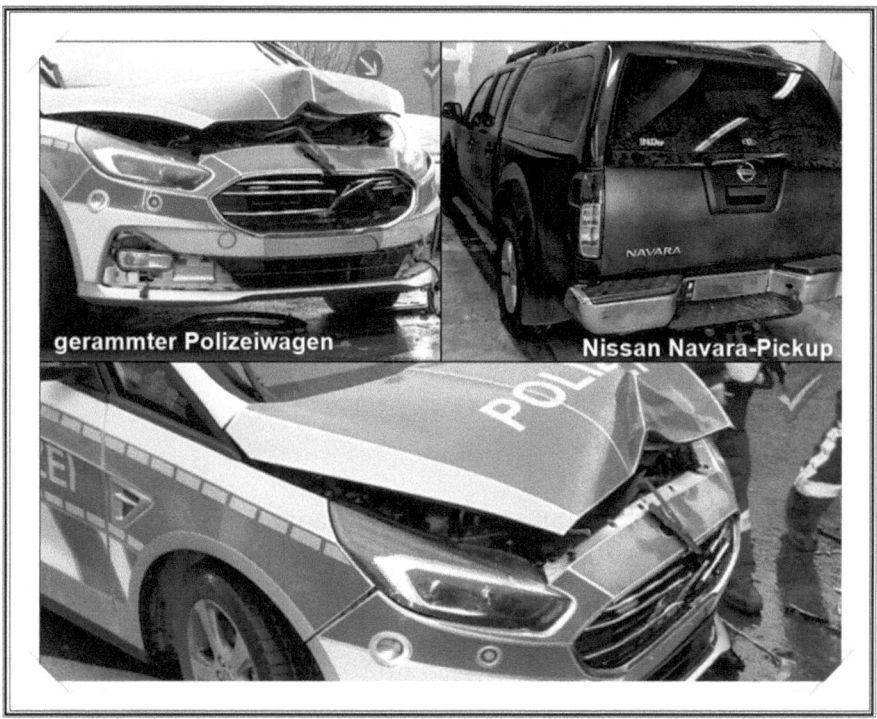

*Polizeiwagen gegen britischen Nissan-Navara, ein wahrer Trumm von einem Kfz., kräftig und gepanzert wie ein ›Hummer‹. Am gerammten Polizeifahrzeug*entstand hoher Sachschaden. Zum Glück blieben die Beamten unverletzt.*

---

* *Frank Bauermann, Fotograf aus Hagen-Haspe, stellte mir seine beiden Polizeiwagen-Fotos für diese Collage zur Verfügung, als Beispielfotos für demolierte Streifenwagen; das Nissan-Foto stammte ursprünglich von der Polizei Hagen, wurde aber von mir verändert und anonymisiert*

Rammstoß – Pickup setzt Streifenwagen außer Gefecht

»Hagen. (ots) Ende einer Verfolgungsjagd: Heute Nacht hat ein schwerer Pickup einen Streifenwagen gerammt und ihn so außer Gefecht gesetzt. Wie die Polizei mitteilt, hatte gegen 3.50 Uhr eine Streifenwagenbesatzung den Pickup auf der Heinitzstraße bemerkt. Der Wagen fuhr in Richtung Innenstadt und missachtete das Rotlicht einer Ampel. Als die Polizisten dem Autofahrer Anhaltezeichen gaben, beschleunigte dieser sein Fahrzeug. Schnell stand fest, dass der Nissan-Fahrer der Polizei und der Kontrolle entkommen wollte. Die Verfolgungsfahrt führte von der Heinitzstraße zum Wasserlosen Tal. Dort bog der Fliehende, teils im Gegenverkehr, nach links in die Haßleyer Straße ab. Wenig später bremste er stark und bis zum Stillstand ab. Unmittelbar darauf legte der Fahrer den Rückwärtsgang ein und rammte den Streifenwagen. Der Wagen wurde so stark beschädigt, dass er nicht weiterfahren konnte … «[*] usw., usw., und sofort …

… las Kowalski auch die dritte Pressemitteilung der Redaktion TACH, aber der Text wiederholte sich, Wort für Wort, wie die beiden vorherigen Zeitungsberichte auch.

… weiter lesen, lesen, lesen …

»… Ob sich außer dem Fahrer weitere Personen im Fahrzeug befanden, ist zurzeit Gegenstand der Ermittlungen. Die Polizisten blieben bei den Unfällen unverletzt. An den Streifenwagen entstand ein Schaden von zirka 30.000 Euro. Das Verkehrskommissariat sucht nach weiteren Zeugen. Wer kann Hinweise zu dem auffälligen Nissan Navara, dem Fahrzeugführer und eventuellen Insassen geben? Hinweise nimmt die Polizei unter 02331 986 2066 entgegen.«[*]

»Nun denn,« räsonierte Kowalski, «da steht ja im Prinzip nicht viel Neues drin. Alles in allem die gleichen Fakten wie aus dem Polizeibericht. Ja, wo sollen die Presse-Fritzen auch Neues herhaben, wenn es einfach nix Neues dazu gibt … ? Allerdings ist es schön, sich die Pressefotos von der britischen Ganoven-Karre und dem Hagener Polizeiwagen ansehen zu können. Sieht aus wie ein aufgehübschter Panzer gegen ein Leichtbau-Gefährt … !?«

---

[*] *Redaktion TACH, 19.02.2019*

Kommissar Kowalski und Fanny Bevenbreucker

Normalerweise saßen Kommissar Danny Kowalski und seine junge flippige Kollegin Fanny Bevenbreucker an ihren Schreibtischen im Keller des Hagener Polizei-Präsidiums Hoheleye. Aber in Zeiten der Corona-Epidemie machten sie Home-Office. Wie viele andere Betriebe auch wechselten sie sich gruppenweise mit Bürodienst und Home-Office ab, damit wenn was passiert, immer nur eine Gruppe infiziert wäre und nicht gleich alle auf einmal. Also eine Woche kam Kowalski ins Büro, in der Fanny Home-Office machte. Und in der nächsten Woche umgekehrt. Um miteinander kommunizieren zu können, begannen sie anfangs mit Telefonaten und E-Mails. Das hätte Kowalski auch am liebsten so beibehalten. Aber Fanny meinte: »Komm, Danny, lass uns mal skypen. Das ist much easier … « Dagegen sträubte sich der alte Technik-Muffel Kowalski erst sehr. Dann jedoch half ihm seine Frau Moni bei der Einrichtung der Skype-Funktion an seinem Home-Office-Laptop. Seitdem machte er täglich Skype-Beratungen mit Fanny.

Erst war sein Fitness-Center Fun-Out in Hohenlimburg, Schürzenmacherstraße 5, corona-bedingt für 2 Monate ganz geschlossen. Dann ab Mitte Mai wieder geöffnet, aber mit Einschränkungen wie z.B. ohne Sauna und ohne Duschen. Später im Herbst 2020, nachdem sich Kowalski gerade zum ersten Mal seit sieben Monate wieder dort hingeschleppt hatte, gab es die zweite Corona-Welle. Damit den zweiten Corona-Lockdown, und das Fun-Out hatte im November und Dezember erneut geschlossen. Deshalb blieb Kowalski seinem Fitness-Center erst mal fern und machte stattdessen mehrmals die Woche Nordic Walking-Runden im Fleyer Wald, um einigermaßen fit zu bleiben. Und im Herbst nahm er seine QiGong-Übungen wieder auf.

»Mist,« meinte er deshalb auch zu Fanny beim Skypen, »mein Fitness-Center hatte erst geschlossen und dann nur eingeschränkt geöffnet. Jetzt wieder geschlossen. Da kann ich im Moment nicht hingehen … «

»Ach, du immer mit deinem Fun-Out. Wir werden auch mal einen Fall ohne dein Fitness-Center lösen … «

»Ja, aber erinnere dich an den Fall YOG'TZE von 2015. Da kam doch auch der entscheidende Hinweis aus dem Fun-Out. Oder 2018, als wir die Aufklärung des Mordes an der ›Reise-Leiche‹ erst durch die Verbindung der Fitness-Center in Dorsten, Münster und Hagen lösen konnten.«

»Und jetzt aktuell ... ?«

»Ja, Fanny, die Firma HMV, also die Hagener Metall-Verarbeitung, wo wir den britischen ›BREXIT-Nissan‹ gefunden haben, liegt doch an der Hammacherstraße. Also genauer gesagt der Parkplatz der HMV, wo die ›Dienstfahrt‹ des britischen Ganoven-Autos endete, liegt im Lennetal, nicht weit von Hagen-Herbeck entfernt, unweit von Hohenlimburg. Und das wiederum liegt nur einige hundert Meter vom Auffindeort der ›Reise-Leiche‹ entfernt. Man könnte fast meinen, dass diese Gegend ein ›Zentrum des Bösen‹ in Hagen ist ... !?«

»Jetzt übertreib mal nicht, Danny.«

»Ja gut, ja nee, is klar ... Aber Fakt ist, dass die englische Flucht-Karre auf dem Parkplatz des HMV abgestellt wurde. Die Täter flüchteten von dort aus zu Fuß Richtung Hohenlimburg. Ja, menno, und auf halber Strecke zwischen HMV und der Hohenlimburger City liegt das Fun-Out. Da könnte man doch mal nachfragen ... «

Und dann war plötzlich wieder alles anders: Lockdown zu Ende, Home-Office zu Ende ... »Rein inne Kartoffeln, raus ausse Kartoffeln,« wie es so schön in der Abteilung ›geflügelter Worte‹ hieß.

Na, jedenfalls trafen sich die beiden Kollegen seit Wochen und Monaten mal wieder in ihrem Büro, wie früher ...

Fanny kam an diesem Morgen ins Kellerbüro gerauscht. Als sie an Kowalski vorbei wehte, um sich ihren Morgentee zu machen, erspürte er einen Duft von Irisch Moos von ihr rüber wabern.

»Hhhmmm, so frisch und so lecka-lecka,« dachte er für sich. Er wollte fast in ihre Gefilde eintauchen, natürlich nur olfaktorisch. «Auf jeden Fall viel besser als vorletztes Jahr der Patschuli-Duft bei ihr, als sie wie ein einziges großes Rockfestival roch ... ,« schmunzelte Kowalski in sich hinein. Er war ja selber als Jugendlicher 1970 schon mal ins Isle of Wight-Festival gestolpert, als fast alle Mädels schwer nach Patschuli dufteten. Aber dieses Irisch Moos jetzt bei einer Frau wie Fanny, das versprühte in der Kopfnote eine angenehme Zitronenfrische, die durch eine würzig–aromatische Herznote und den Duft von markanten Holzkompositionen abgerundet wurde.

»Irisch Moos bringt ein Stück Irland in den Alltag,« versprach die Werbung nicht umsonst. Auf jeden Fall konnte Kowalski diesen Duft gut haben. Er erfreute ihn genauso wie ihre Anwesenheit, ihre Walle-Kleider, die Ketten und Federchen im Ohr, die sie fast wie ein lebendiger ›Geisterfänger‹ erscheinen ließ.

Er ließ sie erst mal in Ruhe ankommen und dachte sich: »jetzt wird alles wieder gut. Solange Fanny noch bei ihrer Tee-Zeremonie ist, werde ich sie nicht stören und mich mal ganz meditativ mit der Planung des heutigen Tages beschäftigen.«

Nachdem sie beide fertig gefrühstückt hatten, schlug Kowalski eine kurze Ortsbesichtigung vor. «Come on, Baby, let's go to San Francisco … « summte er ein Medley von mehreren Hits aus der Hippie-Zeit vor sich her.

»Okay, Fanny? Wir haben ja jetzt diesen alten ›Brexit‹-Fall. Da schauen wir uns doch mal das Gelände der HMV genauer an,« schlug Kowalski seiner Kollegin vor, »dort wurde 2019 der britische Nissan gefunden.«

»Jau-jau, dort wo die ›Dienstfahrt‹ des englischen Ganoven-Autos endete,« begeisterte sich Fanny für den kleinen Ausflug.

Sie fuhren von der Hoheleye runter nach Fley, bogen am Kreisel in die Sauerlandstraße rechts ab bis nach Halden, wo sie in der 30er Zone gemächlich durch den Ortskern schlichen. Danach weiter durchs Industriegebiet über die Sudfeldstraße, und von dort rechts in die Dolomitstraße, die dann übergangslos zur Hammacherstraße wurde.

»So, jetzt pass op, Fanny, gleich fahren wir über die Autobahnbrücke. Und direkt links dahinter, da guckste mal ganz intensiv hin. Denn genau da wurde der abgestellte Nissan mit dem britischen Kennzeichen gefunden. Wir können uns den Auffindeort des Gauner-Wagens ja mal genau anschauen.«

»Okaaaaayyyy … «

»Da links ist es, die HMV,« zeigte Kowalski schon von der Autobahnbrücke mit seinem ausgestreckten rechten Arm nach links in die Landschaft, »dort endete die ›Dienstfahrt‹ des britischen Ganoven-Autos.«

Sie fuhren auf das Gelände der HMV, also der Hagener Metall-Verarbeitung, wo die wilde Verfolgungsfahrt des britischen Nissan-Navara endete, auf dem Parkplatz einer metallverarbeitenden Firma im Lennetal, nicht weit von Hagen-Herbeck entfernt, unweit von Hohenlimburg.

Nun denn, da gab's aber nicht viel zu gucken. Der Parkplatz war halb leer, und der britische Nissan schon vor über zwei Jahren in die Spusi nach Dortmund abtransportiert worden, also in die zentrale Spurensicherung fürs östliche Ruhrgebiet.

Mitte: Zufahrt zur HMV von der Hammacher Straße; unten rechts: der Parkplatz der HMV; unten links: Die HMV, versteckt von der Hammacher Straße aus einzusehen

Hinweise durch einen Fund im Auto

Kowalski recherchierte über das Fluchtauto. Der Nissan Navara, oder auch Nissan Frontier, ist ein Pickup, der seit 1986 von dem japanischen Automobilhersteller Nissan in nunmehr vierter Generation produziert wird. Mit einem Leergewicht von 1970 – 2198 kg. Der Wagen in Hagen hatte ca. 2 Tonnen.

Doch dann nahm der Fall eine gewisse Beschleunigung auf, als Kowalski das mit der Stadtkarte von Datteln las, die im Fluchtauto gefunden wurde. Unter dem Stichwort ›Kriminalität‹ informierte Westfalenpost-Journalist Michael Koch am 22.02.2019: »Hagen. Warum hat sich ein Pick-up mit britischem Kennzeichen in Hagen eine Verfolgungsjagd mit der Polizei geliefert? Wilde Verfolgungsjagd: Polizeiauto kaputt – Täter verschwunden. Aber ein Fund im Auto gibt Hinweise. Neben Werkzeugen, die man auch für Einbrüche benutzen könnte, fand sich im Wagen überraschenderweise eine Stadtkarte von Datteln.«[*]

Dieser Fund setzte einige Assoziationen bei ihm im Gang.

»Datteln, Datteln,« räsonierte Kowalski, »das ist ja interessant, ein Stadtplan von Datteln in einem britischen Kraftfahrzeug ... Ich glaube, das muss ich mir mal näher anschauen.«

Zumal auch die Infos von 2019 zu diesem Fall eher behindernd als förderlich erschienen: »Hagen. Die Polizei hat noch immer keine Informationen aus Großbritannien erhalten, auf wen der Pick-up zugelassen ist, der sich am Dienstag eine Verfolgungsjagd mit der Hagener Polizei geliefert hatte. Aber immerhin gibt es Hinweise, warum der Nissan Narvara vor den Streifenwagen geflüchtet ist. Der oder die Insassen könnten Einbrecher gewesen sein ...

›Wir haben eine Anfrage an die britischen Behörden gestellt,‹ so Polizeisprecher Joachim Rehberg. ›Dort müssen wir uns aber in eine Warteschlange einreihen.‹ Allerdings hat die Durchsuchung des Nissans neben der Sicherung von Fingerabdrücken und DNA-Spuren interessante Funde erbracht: ›Darin lagen Werkzeuge, die für Einbrüche bestimmt gewesen sein könnten, und interessanterweise eine Stadtkarte von Datteln.‹ Indes geht die Polizei nicht davon aus, dass der Pick-up frontal auf den zweiten Streifenwagen an der Haßleyer Straße losgefahren ist. Das hätte als Tötungsversuch gewertet werden können.«[**]

»Aha,« grübelte Kowalski, »also doch nicht ganz so schlimme Finger ... Einbruchswerkzeuge und ne Dattelner Stadtkarte, geniale Kombination.«

Deshalb hatte Kowalski die Idee, zusammen mit Fanny nach Datteln zu fahren. Kurz bevor sie aufbrechen wollten, hatte er gerade noch die Eingebung, sich doch besser vorher bei der Dattelner Polizeiwache zu melden. Er wollte

---

[*]   *Michael Koch, in WP Hagen 22.02.2019*
[**] *Michael Koch – Ist Pick-up Fluchtauto von Einbrechern?, in WR Hagen 23.02.2019*

dort nicht den Eindruck erwecken, in fremden Revieren zu räubern. Datteln gehörte zum Kreis Recklinghausen, somit zum Polizei-Präsidium Recklinghausen, und hatte keine eigene Kripo. Das lief dort ähnlich wie in Hagen, einer kreisfreien Stadt, wo es mehrere Polizeiwachen gab, allerdings war die Kripo zentral im Polizeipräsidium Hagen in der Hoheleye angesiedelt.

Seine Überlegung teilte er Fanny mit, die ihn daraufhin fragte: »Soll ich uns im Polizei-Revier anmelden?«

»Nee, nee, lass mal, Fanny, das mach ich schon selber. Ich wohnte doch früher in Datteln. Ich kenne da jemand von damals, den Theo, den kennst du doch auch, von unserem letzten Besuch in Datteln. Vielleicht arbeitet der noch dort? Such mir nur schnell die Telefon-Nummer raus.«

»Okay, dann mach mal, Danny.«

Kowalski griff sich den Hörer und rief kurz entschlossen bei der Polizei in Datteln an. Dort meldete sich eine männliche Stimme: »Gempel, Polizei Datteln.«

Kowalski rief erfreut: »Mensch, Theo Gempel, schön, dass du noch bei der Polizei bist. Hier ist Danny Kowalski.«

»Mannomann, alter Schwede, Danny Kowalski. Das ist ja ein Dingen. Erst haben wir bestimmt vier Jahrzehnte lang nix miteinander zu tun gehabt, und jetzt alle vier Jahre, wonnich?«

Damit spielte Theo auf den Fall ›Das Ekel von Horstel« an, bei dem die Polizei aus Datteln 2017 die Hagener Kripo unterstützt hatte.[*]

Kowalski erinnerte sich gut daran, dass er mit Theo Gempel und ihren gemeinsamen Freunden Florian und Frank Ende der 60er/Anfang der 70er Jahre zu einer Clique gehörte, die sich in Kneipen traf, dort Skat spielte, kickerte und dabei jede Menge Bier trank: puuuahh. Auch trafen sie sich auf Feten oder zum Fußball spielen auf der Wiese.

Nachdem Danny 1977 sein Studium beendet hatte und aus Datteln weggezogen war, hatte sich das Cliquen-Leben auseinander dividiert, und jeder machte sein eigenes Dingen. Theo Gempel trat in den Polizei-Dienst und blieb sein ganzes berufliches Leben in der Polizeiwache Datteln, die sich früher am Neumarkt befand. Kowalski dagegen hatte einen anderen Weg gewählt. Er studierte in Bochum an der Ruhr-Universität und war nach seinem Dip-

---

[*] *Manfred Schloßer – Das Ekel von Horstel, Norderstedt 2017*

lom-Abschluss dort über die Polizeischule direkt nach Hagen zur dortigen Kripo gekommen.

Theo Gempel unterbrach Kowalskis Erinnerungen: »Was liegt denn diesmal an, Danny?«

»Ja, du weißt ja, Theo. Ich bin bei der Kripo Hagen.«

»Klaro, klaro, menno, ich bin ja nicht dement. Datt hab ich nicht vergessen, Danny, dass wir Kollegen sind … «

»Ja, genau, Theo. Das ist ja auch der Grund meines Anrufs. Ich möchte im Rahmen einer äußerst obskuren Ermittlung gleich zusammen mit meiner Kollegin nach Datteln kommen.«

»Kein Problem, kommt hier bei mir in der Dattelner Wache vorbei, und wir reden dann über euren Fall.«

»Okay, wie war das noch, seid ihr jetzt noch am Neumarkt oder schon wo anders?«

»Nee, Danny, sach ma, wer ist jetzt eigentlich dement? Wir sind doch jetzt an der Ahsener Straße, genau wie vor vier Jahren schon, Mann-Mann-Mann, und zwar Nummer 51.«

»Ups, das hab ich doch glatt vergessen, aber das finde ich locker. Dann bis nachher.«

Fanny und Kowalski fuhren über die A 1 und die Sauerland-Linie A 45 nach Datteln und trafen dort in der Polizeiwache an der Ahsener Straße auf Theo Gempel. Eine Vorstellung der jungen Kollegin Fanny Bevenbreucker entfiel, weil diese beim ›Horstel-Fall‹ 2017 auch schon mit in Datteln war. Und die sonst übliche Umarmung unter alten Kumpels mussten sie Corona-bedingt besser mal weglassen. Dann ging es direkt in medias res. Kowalski skizzierte Theo Gempel kurz den Fall und befragte ihn nach einem Nissan mit britischem Nummernschild: »Gab es da mal bei euch was mit so nem englischen Auto in der letzten Zeit?«

»Nee-nee, nicht dass ich wüsste. Wie kommste denn überhaupt auf Datteln?«

»Tja, da lag ein Dattelner Stadtplan hinten auf dem Rücksitz … «

»Ach so, ja, vielleicht hat das was mit der Dattelner Partnerstadt Cannock zu tun?«

Kowalski: »Joh, das ist ne Idee! Denn das britische Nummernschild-System ist unübersichtlich. Man kann auf Grund der Kfz-Zeichen nicht erkennen, aus welcher englischen Stadt das Auto kommt.«

»Wie jetzt?« fragte Theo Gempel, »bei den Briten läuft das nicht so wie hier bei uns? Also keine Städte-Kennzeichnung … ? Wie wenn hier ›RE‹ auf dem Nummernschild steht, weiß jeder, das Auto kommt aus dem Kreis Recklinghausen … ?«

»Nee, Theo, leider nicht, guckstu hier das System der Kfz-Kennzeichen aus Großbritannien, also z.B. ›Y 659 WE‹ oder ›LA 51 ABC‹. Das britische Nummernschild-System ist für einen Ausländer echt schwierig zu durchschauen. Höchstwahrscheinlich auch für einen Briten … ?« antwortete Kowalski, »wenn's dich gerade interessiert: das hier habe ich bei Wikipedia unter der Rubrik ›Kfz-Kennzeichen aus Großbritannien‹ gefunden.«

»Ja klar, Danny. Lies es mal vor.«

Eine individuelle amtliche Kennzeichnung müssen Kraftfahrzeuge im Vereinigten Königreich seit 1904 tragen. Sie ist regelmäßig fahrzeuggebunden, bleibt also – von Ausnahmen abgesehen – nach Standort- oder Halterwechsel lebenslang beim Fahrzeug. Seit 2001 wird dieses Kennzeichen nach einem neuen System zugeteilt. Die Kennzeichen haben die Form CC NN XXX, also zwei Buchstaben, zwei Ziffern und noch mal drei Buchstaben. Dabei bedeuten die ersten beiden Buchstaben, also CC den Herkunftscode. Und die beiden Ziffern, also NN, stehen für einen sogenannten Jahrescode der Erstzulassung, wobei jeweils 01–49 für die erste Jahreshälfte im angegebenen Jahr und 51–99 für die zweite Jahreshälfte in dem Jahr steht. Schließlich gelten die letzten drei Buchstaben, also XXX, als Unterscheidungsbuchstabengruppe, die wiederum fortlaufend vergeben werden.«[*]

»Ganz schön kompliziert, was … !?« ergänzte Kowalski nicht zu unrecht, »das musste dir echt zweimal durchlesen, um es überhaupt zu verstehen, wonnich … !? Das einzige Eindeutige ist, dass bei den Briten das vordere Nummernschild einen weißen Hintergrund mit schwarzer Schrift und das hintere Kennzeichenschild einen gelben Hintergrund mit schwarzer Schrift hat. Das kennt man ja am besten, wenn vor dir ein britisches Auto herfährt.«

Und da die britische Polizei bisher noch keine Antwort auf die Anfrage der Hagener Polizei gegeben hatte, konnte die nur weiter rätseln, woher dieses Kfz aus Großbritannien kam … ? Wahrscheinlich war es eh dort irgendwo gestohlen worden … !? Und umso mehr der totale ›Brexit ohne jeden Deal‹ drohte und Boris Johnson sein Großbritannien ökonomisch vor die Wand

---

[*]   *aus WIKIPEDIA, 09.09.2020*

fuhr, umso weniger konnte die Hagener Kripo damit rechnen, jemals etwas von der britischen Polizei über ein gesuchtes Nummernschild zu erfahren.

»Watte mal, Danny,« hakte Theo noch mal ein, »mir fällt da grad doch noch mal was ein, nicht mit Engländern oder Briten, aber mit Iren. Da hatten wa mal vor zwei Jahren welche hier am Dattelner Meer rumhängen, die sich wohl auch kurzzeitig beim Zirkus Krone als Pferdejungens verdingt hatten. Ich meine, da war mal was mit ner Klopperei. Jau-jau, datt wa im ›Johnny Canone‹. Datt is so ne Restaurant- & Cocktailbar in«ner Hohe Str. 5, hier bei uns in Datteln-Stadtmitte. Weißte, da wo früher der ›Western Saloon‹ war.«

»Ach da, jau, datt kenn ich. Ich weiß, wo datt is.«

»Wart ma eben, Danny, ich schau da mal in unserem Berichtsbuch nach. Und frag auch mal den Kollegen … «

»Ja, mach mal, Theo,« rief ihm Kowalski hinterher und dachte sich dabei: »tja, warum nicht auch die irische Polizei einschalten … ? Die sind wenigstens in der EU und bestimmt kooperativer als die Brexit-Briten … !?«

»Tatsächlich, Danny Kowalski, hat ich mich doch richtig erinnert. Datt waren zwei Iren, im Dezember 2018, die sich da mit zwei Dattelnern prügelten. Nix Schlimmet: paar Veilchen und nen paar blutige Schrammen. Ja, wie meistens ging et um ne Frau dabei … Die hatte wohl einem der Iren schöne Augen gemacht. Und datt gefiel den beiden Dattelnern überhaupt nicht, weil se meinten, datt se n Anrecht auf ihre Perle hätten, die Dösköppe, die … ! Auf jeden Fall waren die beiden Iren im Lager vom Zirkus Krone am Dattelner Meer kurzzeitig beschäftigt, für Pferdepflege … «

»Datt ist ja interessant, Theo, weil unser Fall in Hagen war im Februar 2019 … passen würde das ja.«

Während Kowalski mit Theo Gempel am palavern war, blieb Fanny nicht untätig und hackte auf ihrem mitgebrachten Lappy rum. Sie kannte nämlich auch einen Kollegen, einen netten irischen aus Galway. Sie hatte die glänzende Idee, der irischen Polizei die Fingerprints aus dem Fluchtauto rüber zu faxen. Sie telefonierte auch gleich von Datteln aus mit ihrem irischen Kollegen Steve McKenzie von der Polizei West-Irland in Galway. Dabei ergab sich, dass die Fingerprints tatsächlich drei Treffer erbrachten: »die Namen und Daten der drei sende ich dir per Fax zu.«

»Wait, my dear Stevie, I give you the Fax-number of the police-station in Datteln, where we are at the moment,« säuselte sie ›ihrem‹ Iren ins Telefon, um gleich darauf in den Raum zu krähen: »Theo, gib ma eben wacka-wacka eure Fax-Nummer her, für den Kollegen hier aus Irland.«

Theo gab ihr ›ma eben kapachel-kapachel‹ die Nummer, die sie wiederum weiter ins Telefon säuselte. Datt fluppte ja wie am Schnürchen. Der überaus eifrige irische Kollege rückte noch mit einer zusätzlichen Info heraus: »hey, my Beauty, very interesting for you: ein Bekannter der drei Fingerprint-Volltreffer, nämlich Brian Johnsen, der ist ein Traveller, und der gilt in Irland als abgängig. Vielleicht ist er nach England abgehauen, oder gar nach Deutschland, da fahren die Traveller auch öfters mal gerne hin … ?«

Und da wurde es auf einmal immer heller im Tunnel des bisher unklaren Falles, als Theo mit dem Fax aus Irland und seinem Berichtsbuch gleichzeitig um die Ecke kam. Fanny gab er das Fax, und mit Kowalski zusammen blätterte er im Berichtsbuch: «da, da steht et, am 18. Dezember 2018, 22.30 Uhr, Schlägerei im Johnny Canone. Beteiligte: die stadtbekannten Dattelner Schläger Jossi Bärlauch und Walter Zoppich, sowie die beiden Iren Trent Smitty und Kenny Gallagher aus Lifford, Grafschaft Donegal.«

Gleichzeitig glänzten Fannys Augen und sie strahlte über das ganze Gesicht: »wir haben sie, Kowalski, alle drei, die Fingerabdrücke, die den Iren bekannt sind, stammen von den drei Travellers Patrick O'Neill, Trent Smitty und Kenny Gallagher … «

»Das ist ja irre, Fanny, zwei von den dreien stehen hier in Theo's Berichtsbuch: Trent Smitty und Kenny Gallagher waren hier in Datteln. Und vorher müssen sie mal zu Dritt gewesen sein, die drei Traveller Patrick O'Neill, Trent Smitty und Kenny Gallagher in einem Wagen.«

Kowalski bat Fanny, die sich schon öfters als eine ausgewiesene Internet-Spitzenkraft erwiesen hatte: »recherchier doch bitte diese Namen mal für Deutschland, inklusive unseres verehrten vierten Mannes, Brian Johnsen.«

»Mach ich sofort,« damit setzte sich Fanny an ihren Lappy, hackte drauf los, und kurze Zeit später hatte sie schon das Ergebnis: »Wahnsinn, Kowalski, Brian Johnsen war tatsächlich mal 2019 in der Ebendstraße in Hohenlimburg gemeldet.«

Auf dem Rückweg von Datteln nach Hagen fragte Kowalski seine junge Kollegin neugierig: »wer war datt denn, dein Schätzelken aus Irland, dieser Stevie … ?«

»Du musst ja nicht alles wissen, alter Mann. Ich hatte auch schon ein Leben vor dir. Klaro war ich damals auch schon mal im Urlaub, und zwar in Irland. Da hab ich den netten Stevie in Galway kennen gelernt.«

»Ja, supiii, liebe Fanny, ich hab dir auch noch nicht alles erzählt,« grinste Kowalski, »echt, das hatte ich fast vergessen. Durch diese Recherche hier in Datteln, und dass wir es womöglich mit Travellers zu tun haben könnten, fiel mir mein Erlebnis von vor etwa zwei Jahren bei meinem Freund Carlos in Vreden ein, als es um einen toten Traveller ging. Ich glaube, der hieß sogar Paddy, also wie unser Patrick O'Neill hier … Muss ich mal in meinen Foto-Dateien zu Hause nach schauen. Ich war da ja privado und hab nicht mit ermittelt … «

»Weißte was, Kowalski, ich recherchier gleich mal nach Travellers … Wo die sich wohl so treffen in Deutschland … ? Dann hätten wir gleich mal einen Ansatz, wie und wo wir ermitteln könnten … «

»Ja, super Idee, Fanny, mach mal.«

Diese haute direkt auf ihre Lappy-Tasten und wurde schon nach kurzer Zeit fündig: »Hier hab ich was, Kowalski, die irischen Traveller treffen sich, wenn'se in Deutschland sind, gerne mal in Neuss, Düsseldorf oder in Hessen.«

Kaffee im Quadrat

Da dieses Buch ja Hannes Engelmann gewidmet ist, unserem großartigen Totti-Tipper-Kameraden, unserem lieben Freund und Kollegen, der leider schon im Mai 2020 viel zu früh mit nur 62 Jahren von uns gegangen war …

… wird auch der traditionelle Ort der Totti-Tipper, das Kaffee im Quadrat auf Emst hiermit zum letzten Mal ein Ort der Recherche sein …

Als das Conny, die liebenswerte Wirtin des Kaffee im Quadrat hörte, machte sie Danny und Werner einen Vorschlag, den die beiden nicht ablehnen konnten: »Hey Jungs, ich kenne da so eine Gruppe hier auf Emst, die macht so Seancen … Soll ich mich mal für euch erkundigen? Vielleicht ist da ja was zu machen … für eure Tipp-Runde, also zusammen mit dem Hannes … !?«

Der traditionelle Tipp-Treff der Totti-Tipper über Jahre hinweg – das gemütliche Kaffee im Quadrat auf Emst. Hier wurden sie ausgetippt: der Totti als Wanderpokal immer wieder und wieder, der Cafu zur WM 2014 in Brasilien, der Iwan zur WM 2018 in Russland und der Zizou zur EM 2016 in Frankreich.

Danny fiel dazu spontan der ›Tankerkönig‹ von Hannes Wader ein, dieses aberwitzige Lied von dem Irren mit dem Kettenhemd und den Stulpenstiefeln, worin auch ein lustiger Abschnitt vor kam, als er sich bei ner Seance ne Verbindung mit Che Guevara hat machen lassen:

*»... nach einer Weile fühlte ich mich so elend und einsam, dass ich schon
anfing, mit mir selbst zu reden. Ich brauchte unbedingt einen Menschen, mit
dem ich sprechen konnte! Aber einen, der das mit dem Tankerkönig auch
verstehen würde! Und ich kannte keinen. Aber dann hatte ich die Idee: Wenn
schon kein Lebender da war, warum sollte ich dann nicht mit einem Toten reden. Also schlich ich mich gegen Mitternacht aus dem Wald in den nächsten
Ort. Ich kannte da ein Haus,
in dem regelmäßig spiritistische Sitzungen stattfanden.*

*Und ich hatte auch Glück, die Sitzung war schon im vollen Gange. Ich stieß
die Tür mit dem Fuß auf, die MP in der Hand und rief: ›Nur keine Panik
meine Herrschaften, und Hände auf den Tisch!‹. Aber kaum hatten die die
Hände auf der Platte, fing der Tisch an zu wackeln, hob sich wie von selbst
und schwebte dann einen Meter überm Fußboden. Ich sagte: ›Kinder, macht
doch keinen Quatsch, Hände hoch übern Kopf!‹ Sofort flogen die Hände in die
Luft, und der Tisch krachte wieder auf den Boden, und ich sagte. ›So, wer von
euch ist hier der Ober-Druide? Macht mir mal 'ne Verbindung mit Ché Guevara, ich möchte jetzt endlich mal mit einem vernünftigen Menschen reden!‹*

*Erst wussten die gar nicht so richtig, wen ich da meinte, gaben sich aber sehr
viel Mühe, und endlich knackte es in der Leitung, und ich hörte Ché Gue-
varas Stimme: ›Was wollt ihr von mir?‹. Ich sagte, wer ich war und was ich
angerichtet hatte und dass ich einen Rat brauchte. Und die Stimme fragte
mich etwas ärgerlich, was das denn sollte, und ob ich denn noch nie was von
organisiertem Klassenkampf gehört hätte. Ich sagte nee, hätte ich nicht. Die
Stimme schwieg einen Augenblick und sprach dann wesentlich freundlicher
und tröstender weiter: Ja, da wäre mir nur sehr schwer zu helfen, ich wäre
krank und ich sollte mal am besten zum Psychoanalytiker gehen ... «*[*]

Conny machte noch von ihrem Kaffee im Quadrat aus ein paar Anrufe und
erklärte den beiden verdutzten Tippern Danny und Werner: »Hey Jungs, ich
hätte da was für euch arrangiert. Heute Nacht, Punkt 24.00 Uhr, hier auf Emst,
hier in meinem Café. Die Gruppe, die mit den Seancen, die trifft sich. Wenn
ihr wollt, seid ihr eingeladen und kommt ganz unauffällig dazu ... ?«

---

[*] *Hannes Wader – Der Tankerkönig, 1972*

Spontan willigten Werner und Danny ein. Um Mitternacht kamen sie zurück zum Café, klopften an der Tür, wurden reingelassen und setzten sich im Hinterraum zu der Gruppe Menschen, die da schon um den Tisch saß.

»Nun denn,« führte sie der ›Oberdruide‹ ein, »wir haben heute zwei neue Gäste, die ein Anliegen haben. Tja, dann legt mal alle brav eure Hände auf den Tisch. Wir fangen an. Die Gäste haben den Vortritt. Mit wem möchtet ihr sprechen?«

Danny konnte sich kaum vorstellen, dass das klappte, aber er spielte einfach mal mit. Zu verlieren hatten sie ja nix, außer vielleicht ein bisschen Nachtruhe …: »wir möchten gerne eine Verbindung mit unserem Tipp-Kollegen Hannes Engelmann. Der ist im Mai 2020 gestorben. Bis Anfang des Jahres hatten wir uns hier im Café immer zu unserer Tipp-Runde getroffen, den Tottis … Geht das?«

»Ja, da müsste was gehen. Zumal ihr euch ja auch immer hier im Café getroffen habt …,« meinte der freundliche ›Oberdruide‹.

Alle Hände waren jetzt fest auf die Tischplatte gedrückt. Stille breitete sich im Raum aus.

Dann knackte es ›in der Leitung‹ und wir hörten Hannes Engelmanns Stimme: »Was wollt ihr von mir?« Danny sagte, wer er war und dass er gerne eine Runde BULI mit Hannes tippen wollte. Die Stimme fragte uns etwas ärgerlich, was das denn sollte: »Echt, ihr Flitschpiepen mit eurer ewigen BULI-Tipperei. Das macht doch alles keinen Sinn, wenn man eh weiß, wie die Spiele ausgehen. Wir haben hier oben im Himmel einen, der wird ›der Hellseher‹ genannt. Der kennt alle Spielergebnisse von früher bis in die ewige Zukunft, alle Länder, Ligen und Klassen. Wenn ich jetzt schon weiß, dass meine Borussia aus Mönchengladbach der kommende BULI-Meister sein wird, dass Schalke und Köln grandios absteigen werden … Na, meint ihr, da kann ich mich drüber freuen … !? Höchstens, dass die Bayern endlich mal nicht schon wieder deutscher Meister geworden sein werden …!«

Die beiden waren platt, als sie Hannes das sagen hörten, und Werner lenkte ein: »nee, das hätten wir nicht gedacht, dass ihr im Himmel schon alles wisst … Na, dann brauchen wir dich ja mit unserer Tipprunde nicht mehr zu belästigen.« Die Stimme schwieg einen Augenblick und sprach dann wesentlich freundlicher und tröstender weiter: »Ja, damit könnt ihr mich wirklich nur sehr schwer beglücken. Das wäre ja voll krass krank, wenn ich mit euch tippen würde, obwohl ich schon alles weiß … «

Danny stellte sich Hannes im Himmel vor, wie er locker auf einer weißen Wolke sitzt, dabei die Beine über den Wolkenrand runter baumeln lässt … irgendwie voll gechillt … Und auf keinen Fall so wie in den 70er Jahren in einem Sitzsack gemütlich rein gekuschelt, wo dann hinterher niemand mehr weiß, wie er oder sie jemals wieder aus dem Ding rauskommen sollte …

»Nun, Jungens, habt ihr noch ein Anliegen, sonst muss ich wieder los, die Wolken putzen,« meldete sich die Stimme noch einmal mit ein paar letzten Knackern in der Leitung.

»Ja, Hannes, ich bräuchte da eventuell einen Rat von dir,« tastete Kowalski sich langsam an sein berufliches Problem heran, »weißt du nicht zufällig, wo ich die beiden irischen Traveller Kenny Gallagher und Trent Smitty finden könnte … ? Hessen oder Neuss wären so Hotspots für Traveller. Was meinste?«

»Mann-Mann-Mann, Danny, lass doch die armen irischen Traveller zufrieden.«

»Ja, mei im Himmel, ich will ihnen doch nur ein paar Fragen stellen.«

»Na gut, du hast ja mit deinen Kölner Geißböcken genug zu leiden … Mein Tipp fürs nächste Traveller-Treffen heißt Neuss.«

»Goodie-goodie, mein Captain, mein Captain Hannes, thanx a lot dort droben im Himmel. Apropos Himmel, du musst da arbeiten, Wolken putzen … ?«

»Ja klar, alles voll gestaubt hier oben, von euren Fabriken und Auto-Abgasen. Ich wette, ihr beiden seid auch heute Nacht wieder mit euren Karren unterwegs … !? Statt schön mit dem Fahrrad zu fahren … !?«

»Ja, hast ja recht, Hannes, mea culpa, mea culpa … «

»Stammelt nicht rum, macht was für die Umwelt … dann bräuchte ich hier im Himmel auf meine alten Tagen nicht auch noch die Wolken zu putzen … « Ein letztes knarzendes Knacken, und die Stimme war weg …

… und ließ zwei staunende Totti-Tipper auf der Erde zurück.

»Na, Jungens,« weckte sie die immer noch hellwache Wirtin Conny aus dem Halbschlaf, »hab ich euch zu viel versprochen … !?«

»Nee-nee, alles gut, alles bestens,« stammelte Danny.

»Unglaublich … das glaubt uns doch wieder niemand … ,« schüttelte Werner nur den Kopf.

»Ciao, Conny, mille grazie, bis die Tage.«

»Gut's Nächtle, Jungens, kommt gut heim … und kommt bald mal wieder,« hieß der Abschied von Conny.

Und zwei völlig ungläubige Männer trauten ihren eigenen Erlebnissen kaum: »Was war das denn nun? Alles nur geträumt? Oder waren wir in der zweiten Wirklichkeit … !?«

Kopfschüttelnd und schwer verwundert gingen sie zu ihren Autos und fuhren durch die Nacht nach Hause …

Kowalski und Fanny in Neuss

Kowalski und Fanny hatten die Wahl zwischen einem Travellertreffen entweder in Hessen oder in Neuss, um dort eventuell die beiden flüchtigen Traveller Kenny Gallagher und Trent Smitty aufzuspüren. Neuss liegt ja in NRW und ihnen deshalb näher. Außerdem hatte Kowalski ja auch ›Neuss‹ als den ›himmlischen Tipp‹ von Hannes Engelmann bekommen. Nun denn, er wollte da besser keine Reklame mit machen, dass er sich bei ner Seance rumgetrieben hatte. Obwohl, die flippige Kollegin Fanny würde das sicherlich verstehen … !?

Auf jeden Fall suchten die beiden im Spätsommer 2020 an einem Vormittag ein neues Traveller-Camp in Neuss auf, um sich nach den beiden verschwundenen Travellers Kenny Gallagher und Trent Smitty zu erkundigen. Sie hatten gehört bzw. gelesen, dass irische Zigeuner über Neuss hergefallen waren.

»Neuss. Die Bild-Zeitung überholt sich wieder einmal selbst links in Sachen politischer Korrektheit. Aus ›Tinker‹ – der englische Begriff für Zigeuner – machte die Bild kurzer Hand einen irischen ›Wanderarbeiter‹.

In Neuss sind dieses Jahr rund 500 ›Tinker‹ mit 90 Wohnwagen eingefallen und versetzten die dortigen Bewohner in Angst und Schrecken.

Wie Zigeuner, die auf dem europäischen Festland seit Jahrhunderten umherreisen, tun dies in Irland die Tinker, auch Pavee genannt. In ihrer Mentalität und ihrem Selbstverständnis unterscheidet sich das irische Wandervolk kaum von Zigeunern. Seit März 2017 sind die Tinker als ethnische Minderheit in Irland anerkannt. In Großbritannien, wo die Tinker ebenfalls umherziehen, werden von der betroffenen Bevölkerung regelmäßig Straßensperren errichtet, um ein Einfahren der Tinker in die Ortschaft oder auf Grundstücke zu verhindern.

Um den 15. August herum, zu Mariä Himmelfahrt, fallen die streng katholischen Tinker – wie ehemals die Türken über Wien – jedes Jahr unangekündigt in deutschen Wallfahrtsorten ein und belagern Wiesen oder Plätze. So auch in

Kevelaer, das sich bei den irischen Zigeunern augenscheinlich großer Beliebtheit erfreut.

In diesem Jahr fielen sie in einer besonders großen Gruppe über die Wallfahrtsstadt her. Unglaubliche Szenen sollen sich dann abgespielt haben. Rund 500 Personen in 90 Wohnwagen campierten ohne Genehmigung und versetzten die Bevölkerung durch Sauf- und Prügelexzesse sowie ihre hoch aggressiven Hunde in Aufregung. Anwohner beklagten gefährliche Fahrmanöver von jungen Männern aus dieser Gruppe, die ihre Mädchen mit lauter Musik und quietschenden Reifen durch die Stadt spazieren fuhren.

Die Anwohner gingen auf die Barrikaden, so dass die meisten der irischen Zigeuner nach Neuss weiter zogen, so rp-Online. Dort sprach die Stadt einen Platzverweis aus und forderte die Tinker auf, bis Dienstagmorgen den okkupierten Platz zu räumen, ansonsten werde die Stadt mit polizeilichen Maßnahmen nachhelfen. Die Wohnwagenkarawane zog am Montagabend weiter auf die Düsseldorfer Rheinwiesen und ließ in Neuss säckeweise Müll auf dem Gelände zurück, darunter Bekleidung, Autoreifen, eine Satellitenschüssel oder Autositze, aber vor allem jede Menge Tüten mit Essensresten. Auch diese Aufräumarbeiten wird der Steuerzahler berappen.

Bereits 2012 musste die Stadt Bonn, nachdem die irischen Besucher wieder abgereist waren, circa vier Tonnen Abfälle vom Standplatz entsorgen. Kostenlos zur Verfügung gestellte Mobiltoiletten wurden von den Tinkern umgeworfen.«[*]

Na, jedenfalls beobachtete Kowalski dort im Camp, wie Fanny vom Traveller-Leben sichtlich fasziniert schien. Sie passte ja auch mit ihren bunten Walle-Kleidern und Armreifen und Ketten und Tüchern gut da rein.

Kowalski hatte schon die Befürchtung, dass seine Kollegin, wie es einst die Sängerin Alexandra in ihrem Lied ›Zigeunerjunge‹ besang, direkt mit den Travellers auf und davon gehen würde …

Nach dem Besuch bei den Travellers in Neuss gestand Fanny ihrem erstaunten Kollegen Kowalski, dass sie sich tatsächlich von diesem abenteuerlichen Wanderleben der irischen Traveller magisch angezogen fühlte. Sie machte Kowalski den Vorschlag, sich bei einer anderen Traveller-Gruppe als Under-Cover-Agentin einzuschleusen, um an Informationen über die gesuchten Kenny Gallagher und Trent Smitty zu kommen. Es würde ihr direkt Spaß machen, zumal sie auch die großen blonden Traveller-Männer durchaus als attraktiv

---

[*]   *rp-Online – ;Irische Zigeuner fallen über Neuss her‹, 08.08.2017*

empfände. Bei solch einem Einsatz bei einem der anderen Züge könnte sie sich vorstellen, unauffällig was über die beiden vom Hagener ›Brexit‹ rauszufinden oder die beiden womöglich sogar selber aufzuspüren … !?

Da Kowalski und Fanny beim ersten Anlauf im Neusser Traveller-Treffen nix über die beiden verschwundenen Traveller heraus gefunden hatten, überlegte Kowalski: »wir kommen heute Nachmittag noch mal hierhin. Vielleicht kommen die beiden ja bis dahin zurück, nachdem wir von hier verschwunden sind … !? In der Zwischenzeit können wir Lydia besuchen, die kenne ich von früher aus Hagen. Die wohnt hier in Neuss. Warte, ich rufe mal eben an, ob sie zu Hause ist. Obwohl, ich erinnere mich daran, dass sie sowieso meistens immer Home-Office machte … Und in Corona-Zeiten sowieso … «

Sie hatten Glück, Lydia war zu Hause, machte gerade Home-Office: »Na, dann kommt mal vorbei.«

Das ließen sie sich nicht zweimal sagen. Sie fuhren von den Neusser Rheinwiesen mit Hilfe des Navis zur angegebenen Adresse, Tückingstr. 12, in der Neusser Innenstadt. Unterwegs zu Lydia las Fanny dem fahrenden Kowalski etwas über die Traveller vor, was sie gerade im Internet gefunden hat: »Horche mal, Kowalski, das passt doch total gut hierhin … , also zu unserer Neusser Traveller-Gruppe. Hat eine gewisse Helene Pawlitzki geschrieben, über irische Traveller im Rheinland und einen der Ihren, nämlich über den irischen Dichter und Maler Martin Collins, also nen echten Insider. Das ganze ist von 2017, noch nicht solange her. Soll ich mal vorlesen?«

»Ja, gut, Fanny, ich bin ganz Ohr.«

»Nun gut. Sie schreibt also: *viele Bürger haben nichts als Stereotype, um zu begreifen, wer da in ihrer Stadt kampiert. Denn die Travellers – das gibt auch Martin Collins zu – sprechen nur sehr ungern mit Außenstehenden. ›Für Travellers repräsentieren diese Menschen ein System, zu dem sie nicht gehören. Ein staatliches System, das viele Jahrhunderte lang Roma und Travellers systematisch unterdrückt hat.‹ Dieses tiefe Misstrauen sei nur schwer abzulegen. Die Düsseldorfer oder Neusser haben vielleicht Angst, die Travellers anzusprechen und kennenzulernen, weil sie sie für gefährlich halten. Man darf aber nicht vergessen, dass die Travellers mindestens genau so viel Angst vor den Düsseldorfern oder Neussern haben.«*[*]

---

[*] *Helene Pawlitzki – ›Irish Travellers im Rheinland – das ist die Bilanz‹, in: RP-Online, 10.08.2017*

Bei den letzten Worten bog Kowalski in die Tückingstraße ein und fand sogar einen Parkplatz vor Haus Nummer 12.

Sie klingelten, und kurze Zeit später öffnete ihnen eine aparte schwarzhaarige Frau die Tür: »da seid ihr ja schon. Seid gegrüßt. Danny, schön dich mal wieder zu sehen. Wer ist denn deine nette Begleiterin?«

Sie führte die beiden ins Esszimmer, wo sie schon Kaffee-Geschirr auf dem Tisch bereit gestellt hatte. »Tja, Lydia, das ist Fanny Bevenbreucker, meine Kollegin.«

Die wiederum, gar nicht schüchtern, fragte direkt: »woher kennt ihr beiden euch denn eigentlich?«

Kowalski: »och, aus der Studentenzeit in den 80er Jahren, als wir an der Fachhochschule Hagen zusammen studierten, gemeinsame Mensa-Essen und Kneipen-Leben bis in die Puppen ... So was ist ja heute zu Corona-Zeiten gar nicht mehr vorstellbar.«

Lydia ergänzte: »Ja, ja, ist schon ein halbes Leben her. Inzwischen habe ich ne Familie mit Mann und zwei erwachsenen Söhnen. Die sind aber grad nicht hier: mein Mann ist auf Arbeit, und die Sohnemänner, einer noch in der Schule, der andere an der Uni Düsseldorf.«

Sie machten es sich am Tisch bequem und über den frisch aufgebrühten Kaffee her.

Lydia wollte noch wissen: »ihr seid also dienstlich hier? Polizei in meiner Wohnung, hihi ... «

»Nun ja, wir waren da an den Rheinwiesen in so nem Travellerlager,« erzählte Kowalski, »konnten erst mal nix erreichen. Von daher machen wir jetzt grad Kaffee-Pause bei dir. Bedankt-bedankt, und sind gar nicht dienstlich.«

Fanny mochte Lydia sofort gut leiden und fragte mal ganz kess: »von Frau zu Frau, Lydia, hast du denn eigentlich schon irgendwas über die Traveller gehört? Du wohnst ja schließlich hier in Neuss ... «

»Also ein paar Freundinnen von mir,« schmunzelte Lydia in sich hinein, »die erzählten, dass da echt ein paar hübsche Kerle dabei wären: so der Typ wild, blond, groß und breitschultrig, echte Schnuckels ... «

»Haha, früher hätten wir sie mit ›Marlboro-Mann‹ bezeichnet, wonnich?« grinste Kowalski, »aber ich hab auch irgendwo gelesen, dass die Kerle alles weg bumsen, was nicht bei ›drei‹ auf den Bäumen ist ... «

»Hihi,« kicherte Lydia in sich hinein, »aber diejenigen, die es nicht mehr geschafft haben … also bei ›drei‹ auf dem Baum zu sein … , hihi … , die erzählten hinterher mit einem gewissen Glanz in den Augen, dass es sich durchaus gelohnt hat, sich von so einem flotten Traveller mal so richtig schön durch bumsen zu lassen … «

Lydias anschauliche Anekdote ließ erst Stille durch den Raum wabern, wobei jeder der drei sein eigenes Kopf-Kino über das Traveller-Leben vor seinem inneren Auge ablaufen ließ.

Dann meinte Fanny trocken dazu: »letztens meinte doch die mittlerweile 77-jährige Feministin Alice Schwarzer, dass die Frauen gerne mal einen jüngeren Liebhaber hätten. Das wäre sozusagen gelebter Feminismus.«[*]

Bald darauf brachen Kowalski und Fanny auf, nicht ohne sich vorher herzlich bei Lydia für den Kaffee und die anregenden Gespräche zu bedanken.

Sie fuhren zurück zu den Neusser Rheinwiesen, wo sie die beiden flüchtigen Traveller natürlich immer noch nicht oder wieder nicht antrafen. Man riet ihnen von Traveller-Seite, es doch mal beim Traveller-Lager in den Düsseldorfer Rheinwiesen zu versuchen.

»Gut, Fanny, fahren wir da mal hin. Mariä Himmelfahrt und der 15. August ist eh schon vorbei,« konstatierte Kowalski, »da brauchen wir es in Kevelaer mit seinen Wallfahrts-Travellers erst gar nicht versuchen. Jetzt, Ende August, sind sie da schon wieder weg. Schauen wir mal, ob wir in Düsseldorf fündig werden … «

Sie fuhren nach Düsseldorf, und unterwegs eröffnete Fanny ihm ihren Plan: »Hör mal zu, Kowalski. Wir machen das jetzt mal ganz anders. Wenn die spitz kriegen, dass wir von der Polizei sind, dann machen die eh zu. Selbst wenn die beiden dort wären, würden wir sie nicht zu sehen bekommen. Du bringst mich dort in die Nähe, lässt mich aussteigen, und ich gehe zu Fuß dorthin. Ich werde mal ein wenig undercover rum spionieren.«

»Bist du bescheuert, Fanny, kommt überhaupt nicht in Frage. Das kann ich nicht verantworten, dass du dich da womöglich in Gefahr bringst … «

»Jetzt halt mal die Luft an, Kowalski … ! Du bist schließlich nicht mein Vater oder Vormund oder Betreuer, wie das jetzt heißt … Dann mache ich halt ab jetzt Urlaub. Hab eh noch soviel Rest-Urlaub dieses Jahr … Pass ma schön auf jetzt, Kowalski. So wie wir das bisher angegangen sind, kommen wir einfach nicht weiter. Wir machen das anders, mit weiblicher List. Die Traveller tun mir

***

[*] *Alice Schwarzer, in westfälische Rundschau Hagen, 12.11.2020*

schon nix. Die sind eher altmodisch, was Frauen angeht, also Kavaliere. Wenn, dann schlagen die sich gegenseitig, oder auf andere Männer ein. Außerdem hab ich inzwischen meinen Schwarzgurt in meinen Selbstverteidigungs-Kursen gemacht. Da biste platt, wonnich … !?«

»Ja, aber … , aber … , wie soll das denn gehen … ?«

»Ich lass natürlich meine Dienstwaffe und meinen Dienstausweis bei dir, damit ich nicht als Bullerei entlarvt werden kann. Ich melde mich jeden Tag einmal mit meinem Handy, um dir mitzuteilen, wo ich bin, wie es mir geht und ob es etwas Neues gibt. Capisco … !?«

Kowalski wurde es ganz anders, wenn er sich überlegte, wie das so gehen sollte, mit seiner jungen Kollegin. Aber die hatte sich da was in den Kopf gesetzt und wollte das anscheinend durchziehen.

Nun gut, kurz vor den Rheinwiesen in Düsseldorf hielt er an und ließ sie aussteigen. Da ging sie nun allein durch den lauen Sommernachmittag zum Traveller-Camp. Für Kowalski dann doch nicht so ganz unerwartet: »*Zigeunerjunge, Zigeunerjunge, Zigeuner in unserer Stadt. Tamtamtadadam … , kamen in unsere Stadt. Die Wagen so bunt, die Pferdchen so zottig. Sie zogen die Wagen so schwer. Tamtamtadadam … .. Und ich lief hinterher, immer nur hinterher … *«

Da machte sie also doch den ›Zigeunerjungen‹ aus Alexandras Song. Kowalski schaute Fanny hinterher, wie sie da fröhlich ausschritt, die junge lebenslustige Frau in ihren bunten Walle-Kleidern, Tüchern und Ketten, mit einem Plan im Kopf und mit der Gier nach freiem Leben in ihren Augen. Man sah es ihr nicht an: obwohl an die 1,80 m groß, wirkte sie doch recht feminin in ihrer Ausstrahlung. Aber darunter ein entschlossenes Muskelpaket mit Schwarzgurt in Aikido.

Sie lief auf das Traveller-Camp zu, was von weitem einen ruhigen Eindruck vermittelte, eher wie eine Wagenburg im ›Wilden Westen‹, bloß hier bei den Travellers mit Wohnwagen-Gespannen statt mit Planwagen. Sie schaute sich um und sah nur einen Traveller, einen großen blonden Mann, der auf einem Campingstuhl vor einem weißen Wohnmobil saß. Er sah irgendwie bekümmert aus, wie er da so saß, mit seinen ins Gesicht hängenden Haaren. Gar nicht scheu ging Fanny dort hin und setzte sich auf den anderen freien Stuhl daneben.

»Hi,« versuchte sie es, »what's going on? Was läuft?«

Er schaute überrascht hoch und fragte: »wer bist du denn?«

»Ich bin Fanny. Und du?«

»James McCracken, but they all call me Jimmy.«

Dieser Jimmy gefiel ihr echt ganz gut, deshalb ging sie auch gleich ran: »warum guckste denn so traurig aus der Wäsche?«

Als wär nichts weiter dabei, als käme jeden Tag eine fremde Frau auf den Platz und begänne ein Gespräch mit ihm, klinkte er sich auch gleich direkt ein: »meine Alte, die Jennifer, ist abgehauen. Sie ist zurück zu ihren Leuten nach Galway. Jetzt bin ich hier allein mit meinem Camping-Wagen. Macht irgendwie keinen Spaß, so alleine, verstehste?«

»Ja, klar, Jimmy, versteh ich voll,« witterte Fanny ihre Chance, »aber ich bin ja jetzt da. Biste nicht mehr allein.«

»Okie-dokie, Fanny, du gefällst mir. Soll ich dir mal mein Heim zeigen?«

»Ja, gerne.«

Sie standen auf, er öffnete die Wohnmobiltür, ließ aber Fanny den Vortritt. Sie war überrascht über die Großräumigkeit im Inneren des Campers. Er zeigte ihr den gemütlichen Wohnbereich, die praktische Kochecke, und das kleine Badezimmer hatte sogar ein Sitz-WC, was ihr imponierte. Er ließ auch nicht das breite Doppelbett am Ende des Campers aus, das sich hinter einem schweren Brokat-Vorhang verbarg.

»Echt super!« entfuhr es ihr spontan. Denn noch mehr als die Einrichtung gefiel ihr, dass alles sauber und aufgeräumt war. In eine Messie-Höhle würde sie nämlich keinesfalls einziehen. Aber am meisten sprach sie an, dass es gut duftete: nach Knoblauch und Kräutern der Provence. Hier wurde anscheinend gekocht, lecker gekocht. Und Menschen, die gerne kochen, können keine schlechten Menschen sein. Alles in allem war sie volle Kanne angetan, was sie auch mit einem langgezogenem »Whooooowww … « kommentierte.

»Und, willst du mit mir ziehn?«

»Klaro, ich bleib bei dir, wenn du lieb zu mir bist.«

Die beiden ›geigten‹ noch ein wenig auf der Flirt-Masche rum, bis die Sache abgemacht war. Fanny blieb bei Jimmy, voll freudiger Erwartung auf das kommende Abenteuer.

Er war auch total lieb zu ihr, sogar in der ersten gemeinsamen Nacht. Er fiel nicht über sie her, sondern er wusste, welche ›Knöpfe‹ er bei Fanny betätigen musste, damit es ihr Spaß machte …

… und so wurden sie ein Paar und hatten wirklich viel Spaß miteinander.

Er ließ ihr auch ihre Freiheit, sodass sie immer mal wieder einen kleinen Spaziergang machen konnte, den sie dazu nutzte, sich per Handy bei Kowalski zu melden.

Sie hatte inzwischen erfahren, dass Kenny Gallagher und Trent Smitty tatsächlich nicht in diesem Lager waren.

Aber nach zwei Tagen brachen sie tatsächlich auf, um zu einem großen Traveller-Treffen nach Hessen zu reisen. Sie waren ja Reisende. Und ein großes Travellertreffen schien Fanny eine ideale Gelegenheit, vielleicht doch noch irgendwo die beiden flüchtigen Traveller zu finden. Als Travellertreffen kämen für Jimmy zwei Orte zur Auswahl in Betracht, wie er ihr mitteilte: »Der eine wäre Ginsheim-Gustavsburg bei Groß Gerau. Und der andere soll wohl auf einem Camping-Platz im hessischen Eppstein stattfinden.« Das liegt westlich von Frankfurt und etwa 15 km nordöstlich der Landeshauptstadt Wiesbaden im Vordertaunus.

III. Vom Fun-Out zum Shoot-Down

Kommissar Kowalski im Fun-Out

Diese ganzen neuen Infos über die Traveller aus Irland ließen Danny Kowalski nicht mehr los. Die hatten sich tief in sein Hirn rein gebaggert und rumorten darin herum. Am nächsten Tag grübelte er weiter vor sich her. In früheren Zeiten konnte er seine Ganglien durch etwas sportliche Bewegung in seinem Fitness-Center auf Vordermann bringen. Aber in Corona-Zeiten hatte es 2020 wie alle anderen in Deutschland auch durch die Lock-Downs vorübergehend schließen müssen. Da machte er dann wieder mehr Home-Sport und Walking im Fleyer Wald.

FUN-Out mit Thomas L., Ella T., HK, Gerd Mattes, Fikret C., Danny K.,
Moni und Werner Sp.

Um so mehr freute er sich, dass es ab Sommer 2020 nach einer Durststrecke in den deutschen Fitness-Centern wieder los gehen konnte.

Deshalb meldete er sich bei Bandura telefonisch ab: »Ich bin dann mal weg. Ich fahr ins Fitness-Center ›Fun-Out‹. Vielleicht hilft mir das auf die Sprünge … ? Hat ja beim letzten Fall der ›reisenden Leiche‹ auch geklappt.«*

»Tschö, Kowalski, dann grüß mir die lustigen Aufzug-Leute mit und ohne Sex-Puppe da im Fun-Out,« verabschiedete ihn sein Chefe Bandura schmunzelnd. Damit spielte er auf den letzten Fall mit der ›reisenden Leiche‹ von 2018 an, als im Aufzug des Fun-Out keine Leiche, sondern nur eine Sex-Puppe gefunden wurde.

Na, jedenfalls erschien ein erwartungsfrohes Schmunzeln auf Dannys Gesicht: »Okie-Dokie, genau, das mach ich dann. Und ich könnte natürlich auch mal schauen, ob es da Leute gibt, die was über den Fall 'Brexit in Hagen‹ wissen … «

Es kam ihm sehr entgegen, dass er mittlerweile in Teilzeit arbeitete. Denn dadurch konnte er sein Sportprogramm im Fitness-Center gut mit seiner Arbeitszeit unter einem Hut bringen. Das würde ihm so oder so gut tun, sich abzurackern und ins Schwitzen zu kommen. Deshalb fuhr er von der Hoheleye runter nach Fley, von dort parallel zur Lenne Richtung Hohenlimburg. Erst über die Dolomitstraße und die Hammacherstraße, wo er in der Nähe der Fundstelle des Pickups vorbeikam. Danach folgte er der B 7 bis zur Schürzenmacherstraße. Er hatte Glück, dass gerade die Schranken des Bahnübergangs hoch waren, rumpelte über die Schienen und war schon da: ein rot-geklinkertes ehemaliges Fabrikgebäude beherbergte das Fun-Out. Er suchte sich einen Parkplatz in der Nähe des Eingangs und fuhr mit dem Aufzug in den ersten Stock. Dieser Aufzug des Fun-Outs hatte vor drei Jahren mit einer dort drinnen gefundenen Sex-Puppe für große Erheiterung gesorgt, hihi.

Nun denn, da Kowalski privat eh dreimal die Woche ins Fitness-Center Fun-Out ging, begann er bei seinen Trainern und Mitsportlern zu recherchieren. Er wollte raus bekommen, ob irgendjemand was über den Fall mit den geflüchteten Briten wusste. Hauptsächlich bei denen, die in Hagen wohnten. Und dieses Mal natürlich auch bei Thomas Lübecker, Ella, HK und Gerd ›Bobesch‹ Mattes.

---

* *Manfred Schloßer – Es geht eine Leiche auf Reisen, Norderstedt 2018*

Als Erstes traf er aber im Umkleideraum seinen alten Sportsfreund Werner Sperling, der gerade aus der Dusche kam. Bei ihm wollte er sich erkundigten, ob er sich an den Fall mit den Flüchtenden aus dem britischen Auto aus dem Jahr 2019 erinnern konnte: »Hei Werner, na, alles frisch?«

»Joh, muss.«

»Hömma, ich hab da mal ne Frage.«

»Ja, Danny, dann frag mich mal was,« antwortete Werner mit einem Kichern.

»Kannst du dich an die wilde Verfolgungsjagd durch Hagen erinnern, als ein Auto mit britischem Kennzeichen flüchtete, das dann auch noch zwei Polizeiwagen zu Schrott fuhr … Und hinterher türmte er ab ins Lennetal. Hast du da was von gehört oder gelesen?«

Da war Werners Antwort leider negativ: »Nee, Danny, da hab ich nix von gehört.«

»Okie-dokie, wir sehen uns … , bis die Tage.«

Danach ging Kowalski die Treppe runter und wollte gerade auf die Trainingsfläche. Aber bevor er dort ankam, sah er schon die ersten, die er ansprechen konnte. Im Cafe neben der Theke traf er Ella Tieffrau und HK, die sich locker unterhielten. Das war eine gute Gelegenheit für Kowalski, ihnen Fragen zu stellen. Nach einer herzlichen Begrüßung erkundigte er sich bei Ella und HK erstmal, in welchem Stadtteil sie denn überhaupt in Hagen lebten: Ella in Eilpe und HK auf Emst. Ella wusste ganz spontan nichts zu dem Vorfall mit dem britischen Wagen zu berichten: »Aber eins kann ich dir sofort beantworten, dass ich nämlich von diesem Unfall nie gehört habe.«

Bei HK war es ebenso, dass er von diesem Fall ›Brexit in Westfalen‹ noch nie nix gehört oder gelesen hatte.

»Nun gut,« bohrte Kowalski weiter, »und was hältst du davon?«

»Nachdem, was du so darüber erzählst, habe ich die Vermutung, dass die einen Einbruch gemacht haben,« war sich HK sicher, »und die sind dann abgehauen, weil sie sich wegen dem Bruch nicht schnappen lassen wollten.«

Gerd Mattes traf er wie meistens an den Ausdauer-Geräten: »Na, Bobesch, alles frisch?«

»Klaro, Danny, und selbst?«

»Muss. Sach ma, Bobesch, in welchem Stadtteil von Hagen wohnst du noch mal?«

»Garenfeld. Wieso fragste?«

»Och, da nimmste doch bestimmt auch die Abkürzung über die Hammacher Straße durchs Industriegebiet?«

»Jop. Und warum?«

»Haste denn von diesem Fall in Hagen gehört oder gelesen, als ein Auto mit britischem Kennzeichen eine grandiose Flucht vor zwei Polizeiwagen machte und es auch schaffte, abzuhauen … ?«

»Nee, wann war datt denn?«

»Im Februar 2019.«

»Ach so, da war ich im Ski-Urlaub. Deshalb hab ich das wohl nicht mitbekommen … «

»Na klar, das erklärt alles.«

Nachdem sie ihre Ausdauergeräte genügend bearbeitet hatten, gingen die beiden noch zusammen in die Sauna. Dort ließen sie sich die alten Knochen und Sehnen so richtig schön heiß durchschwitzen. Das tat immer gut. Danach ins eiskalte Abkühlungsbecken, dann frisch geduscht und ab auf die Erholungsliege.

Nach der Sauna im Fun-Out traf Danny Kowalski schließlich dann doch noch Thomas Lübecker. Der große schlanke Geschäftsführer des Fitness-Centers hatte auch immer wieder viel auswärts zu tun, weshalb er nur schlecht zu erwischen war. Er beantwortete Kowalski gerne seine Fragen: »Klar, ich wohne im Hagener Stadtteil Berchum. Deshalb komme ich auf dem Weg nach Hohenlimburg immer über die Hammacher Straße. Aber von dieser Begebenheit dort habe ich weder etwas gelesen, noch wusste ich irgend etwas über diesen Fall. Ich habe heute von dir das erste Mal darüber etwas gehört. Von daher kann ich dir da gar nichts zu sagen.«

»Na gut,« meinte Kowalski, »da kann man nix machen. Du sollst dir ja schließlich nix erfinden. Dann war das jetzt alles, was ich fragen wollte, … und ciao-ciao.«

Nach dem Fitness-Sport zu Hause angekommen, besprach Danny den Fall mit seiner Moni, denn Kollegin Fanny machte ja gerade den ›Zigeunerjungen‹ mit ihrem Traveller von Neuss nach Hessen und glänzte durch Abwesenheit: »Sach mal, Moni, kannst du dich noch an den Fall mit dem britischen Auto erinnern, das sich im Februar 2019 mit der Polizei eine dramatische Verfolgungsjagd geliefert hatte? Da haben wir doch damals drüber gesprochen.«

»Ja, klar, jetzt wo du es sagst. Und was ist damit?«

»Du glaubst es nicht. Immer wenn ein Fall alt genug ist und nicht aufgeklärt wurde, kommt er ja zu uns ins Dez. Z. Und jetzt hab ich den Fall auf dem Tisch.«

»Sag nur, und was sollst du denn da jetzt raus finden? Und wo war das noch mal genau?« hakte Moni nach.

»Der Nissan mit dem britischen Kennzeichen wurde auf dem Firmengelände einer Metallverarbeitungsfabrik an der Hammacherstraße abgestellt. Du weißt doch, wo das ist?«

»Ja, klar, am Weg zum Fun-Out, an Gut Herbeck vorbei … «

»Kennst du dann auch die Stelle 100 m hinter der Autobahnbrücke, wo es in einer Kurve links abgeht?«

»Jop, die kenne ich.«

»Und hast du dir da was zu gedacht, dass die Briten ihr Auto genau dort auf dem Firmen-Parkplatz haben stehen lassen?«

»Ne, nicht wirklich, und warum?«

»Na ja, erst ne nächtliche Verfolgungsjagd mit der Hagener Polizei, und dann ließen sie dort ihr Auto stehen … «

»Nun ja, ist schon ne merkwürdige Geschichte, dass die den Wagen ausgerechnet da abgestellt haben. Da muss sich doch einer ausgekannt haben, so abgelegen, wie das ist.«

Apropos merkwürdige Geschichten, da hatte ihre schwarze Katze Lilli immer jede Menge von anzubieten … Wenn sie zum Beispiel Kowalski mit einem Müffchen auf dem Tibeter-Teppich dazu aufforderte, sie zu streicheln. Dann fragte er sie: »Na, Lilliken, möchtest du ›Krauli‹?«

Mit der weichen Katzenbürste wurde sie dann von Danny dermaßen durch gestriegelt, dass sie sich vor Behaglichkeit ›einen Wolf‹ schnurrte. Das genoss sie sichtlich. Danny war ja früher mal ein ›Frauenflüsterer‹, hihi … Da streichelte er gerne seine damaligen Freundinnen, was denen immer super-tru-per-gut gefiel. »Aber das war lange her … !« Zum Kätzchen-Streicheln kam es erst in den letzten Jahren. Aber anscheinend hatte er den Bogen raus. Lilli war ja eine weibliche Katze und ließ sich in der letzten Zeit am liebsten von Danny streicheln. Für beide war es eine Win-Win-Situation: Danny streichelte das Kätzchen und Lilli ließ es sich beim ›Krauli‹ richtig gut gehen. Dabei nannte er sie im Winter: »kleines Flauschebärchen«, weil sie solch ein dickes Fellchen bekommen hatte. Oder er tuschelte leise mit ihr in Dänisch, wie es so seine Art war: »Naa, Lilliken, lille mus. Det er skønt, det kan du godt lige, nae … ?« (›*na, Lilliken, kleine Maus. Das ist schön, das magst du gerne, ne … ?*‹) Denn Lilli ist ja ne halbe Skandinavierin, also ne Halb-Norwegerin. Und die, die können es ja rein sprachlich gut mit den Dänen.«

Danny lief zum Warmwerden im Fun-Out immer 10 Minuten auf dem Laufband. Sehr häufig lief die Sportkameradin Uta neben ihm auf dem Band, die er durch seine Frau Moni im Fitness-Center kennen gelernt hatte. Da fiel ihm ein, dass Uta doch in der Hammacherstraße wohnte: »Sag mal, hast du denn eigentlich was von dem Fall gewusst, wo bei euch in der Nachbarschaft das Auto mit dem britischen Kennzeichen aufgefunden wurde?«

»Ja, aber ich weiß da nichts weiter drüber. Vielleicht weiß ja mein Mann mehr … ?«

»Gut, der konnte mir ja im Fall der aufgefundenen Leiche von vor ein paar Jahren super helfen. Dann werde ich den mal fragen. Wann kommt der denn immer so hierhin?«

»Mittags, so wie ich.«

»Na gut, dann grüß ihn schon mal.«

Eine Woche später traf Danny dann tatsächlich Uta mit ihrem Mann, Heinrich Friedl, an den Laufbändern. Die beiden wohnten im Hagener Ortsteil Herbeck in der Siedlung Hammacher an der Hammacherstraße. Der Name dieser Siedlung stammt daher, dass da früher die Hammer-Macher arbeiteten.

Heinrich war zwar sehr nett und hilfsbereit und gab bereitwillig Auskunft, aber er wusste nix darüber: »Ich habe echt keinerlei Erinnerung an die Sache.«

»Ja, gut, Heinrich,« bedankte sich Kowalski, »da kann man nix machen. Dazu ausdenken sollst du dir ja auch nix.«

Und dann gab es ja auch noch Fikret, den Kowalski von früher aus Hohenlimburg kannte. Den hatte er nach Jahrzehnten im Fun-Out wieder getroffen. Was für eine Überraschung für beide. Nun denn, wenn er ihn dort nicht zufällig antraf, konnte er ihn ja immer noch in seinem Hohenlimburger Restaurant Limmeg finden ...

Fikret und das Limmeg

Da Kowalski seinen alten Hohenlimburger Spezi Fikret dieses Mal im Fun-Out nicht angetroffen hatte, fuhr er nach dem Fitness-Center und der entspannenden Sauna in die Hohenlimburger City. Dort traf er wie erwartet Fikret in seinem Restaurant Limmeg an. Er setzte sich im Schatten in einen Korbsessel auf dem alten Markt und bestellte sich ein erfrischendes alkoholfreies Radler, wobei er rasch mit Fikret ins Gespräch kam. Dabei zeigte er ihm dann die Fotos von den Tinkern, die er damals beim Auffinden der Leiche in Vreden gemacht hatte. In Carlos Garten wurde ja vor einigen Jahren der tote Patrick ›Paddy‹ O'Neill abgelegt. Der hatte drei Fotos in seiner Brieftasche, die sich Kowalski damals abfotografiert und später ausgedruckt hatte. Er zeigte Fikret zwei der Fotos und fragte ihn: »Sach ma, Fikret, du kennst ja jede Menge Leute. Und zu dir kommen ja praktisch alle aus Hohenlimburg hin, wenn'se mal was trinken wollen. Guck ma hier, die Fottos, erkennste da wohl den einen oder den anderen wieder?« Auf dem einen Foto waren zwei Personen: der tote Patrick O'Neill und Kenny Gallagher. Auf dem anderen Foto konnte man die vier Traveller Paddy, Kenny, und dazu Trent Smitty und Brian Johnsen erkennen.

Da es irisches Guinness im Limmeg gibt, war es anzunehmen, dass einige der Travellers dort öfters verkehrten. Wo sollten sie sonst auch hin? Irgendwo mussten sie ja saufen.

Fikret erkannte einen davon sofort wieder: »Ja, der da, der blasse Typ mit den hellroten dünnen Fusselhaaren, der war öfters mit den Ungarn hier. Boah, die haben vielleicht gesoffen, wie die Weltmeister ... !!« Dabei zeigte er auf Brian Johnsen.

»Ich hab ein gutes Gedächtnis für Gesichter, Danny, kannste mir glauben. Bei Namen eher weniger, aber die sind ja eh nur Schall und Rauch. Aber Gesichter sind ewig. Also – wie gesagt – der Typ da, und die Ungarn, die waren öfters hier,« und beim zweiten Foto war er sich sicher, »und der Schwarzhaarige da und der Vollbärtige mit den kurzen braunen Haaren, die waren später öfters hier, mit dem ersten da.« Dabei zeigte er auf die Gesichter von Kenny und Trent. »Aber den vierten da, den Rothaarigen, den hab ich noch nie gesehen … ‚« wobei er auf Paddy zeigte.

Fikret aus dem Hohenlimburger Restaurant Limmeg gab Kowalski einen entscheidenden Hinweis

»Kein Wunder, Fikret, der ist ja auch schon tot.«

Fikret gab Kowalski den entscheidenden Hinweis, dass er mal gehört hatte, wie sich zwei von den drei Travellers in seinem Limmeg unterhalten hatten. »Der Schwarzhaarige,« dabei zeigte er auf dem Foto auf Kenny, »der sprach ja überraschend etwas deutsch. Nicht so wirklich super, aber ich konnte mit dem ganz gut ein paar Sätze wechseln.«

Dann erzählte er weiter: »die sprachen ja immer ziemlich laut. Deshalb hab ich auch mitbekommen, wovon sie redeten … Ja, zum Beispiel, dass sie sich demnächst beim großen Traveller-Treffen mit ihren Leuten in Hessen treffen werden.«

»Aha, das ist ja interessant,« unterbrach ihn Kowalski, »kannste dich noch erinnern, wo se sich in Hessen treffen wollten?«

»Ääähhh, nicht wirklich. Aber vielleicht fällt's mir ja wieder ein … «

»War es vielleicht Hofheim oder Ginsheim-Gustavsburg bei Groß Gerau oder gar Eppstein?« prockelte Kowalski weiter.

»Ja, wirklich,« erinnerte sich Fikret, »jetzt wo du es sagst … , das letzte, das war's. Wie hieß das gleich noch?«

»Meinste Eppstein?«

»Joh, Danny,« war sich Fikret fast sicher, »ich meine, ich hätte da was von Eppstein oder so ähnlich gehört.«

»Okie-dokie, Fikret, danke, du hast mir sehr geholfen. Dann mal bis die Tage.«

»Alles klar, Herr Kommissar,« schmunzelte Fikret in sich rein.

Von Hohenlimburg fuhr Kowalski zum Hagener Polizeipräsidium Hoheleye und ging in sein Keller-Kommissariat. Er hatte es sich gerade auf seinem Bürostuhl gemütlich gemacht, als sein Telefon klingelte und er einen Anruf von Hubert Schulte-Ladbeck bekam, Hauptkommissar aus Bocholt: »Hören Se, Herr Kollege Kowalski. Man sagte mir, dass Sie sich hier in Bocholt gemeldet hätten, um was über die Sache mit dem toten Traveller aus dem Sommer 2018 in Vreden zu erfahren … «

»Joh, super, Kollege Schulte-Ladbeck, schön, dass Se anrufen.«

»Was kann ich denn für euch Hagener tun?«

»Tja, wir haben da gerade so einen Fall, der auch mit irischen Travellers zu tun hat.«

»Ja, und was ist die Frage?«

»Ich war ja fast mit dabei, dammals in Vreden, im Sommer 2018, als der tote Traveller in einem Garten gefunden wurde. Ist mir gerade wieder eingefallen. Jaaa, wie war das nun mit dem Toten? Woran ist der denn eigentlich gestorben?«

»Moment, Kollege Kowalski, dafür schau ich mal in meinen PC … Ja, hier hab ich's: im Gespräch mit dem Gerichtsmediziner erfuhr ich, dass Patrick O'Neill an einem Herzinfarkt gestorben ist. Nicht etwa an irgendwelchen Schäden, die bei ihm durch die Schlägerei entstanden sind.«

»Das ist ja interessant, Kollege. Das hieße ja, dass es sich um einen Unfall handelte. Genauer gesagt, um einen Unfall mit Todesfolgen. Dann war es also nix Vorsätzliches, allerhöchstens fahrlässige Tötung … «

»So is‹set, Kollege.«

»Na, prima, da haben Sie mir ja sehr geholfen,« bedankte sich Kowalski, »können Sie mir die Fakten aus dem Gespräch mit dem Gerichtsmediziner wohl rüber-mailen?«

»Ja, mach ich gerne. Die E-Mail-Adresse ist wie?«

»Momentchen mal, bei meiner eigenen E-Mail-Adresse, da muss ich jedes Mal nachschauen: dannykowalski.hagen@polizei.nrw.de«

»Okay, kommt gleich angemailt. Jau, dann viel Erfolg bei dem Fall, und machen Se's mal gut, Kollege Kowalski.«

»Besten Dank, und tschö, Kollege Schulte-Ladbeck, bis die Tage.«

Das ›gelbe Haus‹

Kaum hatte Kowalski aufgelegt, klingelte das Telefon erneut. Er nahm ab: »Gempel, Theo Gempel hier.«

»Ach, Theo, läuft's?«

»Ja, danke, Danny Kowalski, du, mir ist da noch was eingefallen … «

»Aha, erzähl.«

»Ja, wo soll ich anfangen … ?«

»Hat es was mit dem Brexit-Fall zu tun, altes Haus … ?«

»Ja, genau, Danny, das war so … «

Denn nachdem Kowalski und Fanny aus Datteln wieder weg gefahren waren, grübelte Theo Gempel noch ein Weilchen rum. Und nach einer Nacht drüber schlafen kam er am nächsten Tag zu einem Entschluss. Er rief einfach mal in Dattelns Partnerstadt Cannock an. Dort kannte er nämlich den Chief Inspector Larry Hunter persönlich. Sie hatten sich auf diversen Treffen der beiden ehemaligen Kohlen-Partnerstädte Datteln und Cannock mehrmals getroffen. Daher wusste Theo, dass Larry Hunter leidlich deutsch sprach. Im Gegensatz zu ihm selber, der nur wenig englisch sprechen konnte.

»Ring-ring,« machte es im Norden Englands, und der Chief Inspector ging selber ans Telefon.

»Hunter here.«

»Ach, schön, Larry, dass du es selber bist, hier ist Theo Gempel aus Datteln.«

Chief Inspector Larry Hunter war ein Genießer-Typ. Und immer wenn er was mit Dattelnern zu tun hatte, ging ihm sofort ein breites Grinsen übers hagere längliche Gesicht. Denn in der Vergangenheit war er immer wieder von der Dattelner Gastfreundschaft großzügig bedient worden, als man den Gästen aus England in der Rauschenburg Wiener Schnitzel und Dortmunder Pils bis zum Abwinken servierte. Das war das Vorzeige-Restaurant der Dattelner und lag idyllisch am Ufer der Lippe. Na, jedenfalls war Larry Hunter hoch erfreut, mal wieder was mit einem Dattelner zu tun zu haben: »Hi, Theo, I'm happy to hear you. Was verschafft mir die Ehre?«

»Ja, also, lieber Larry, listen. Wir haben hier in Westfalen, also in Datteln, Hagen und Hohenlimburg, mit einem merkwürdigen Fall zu tun. Dabei spielt ein Auto mit britischem Nummernschild eine große Rolle, ein Nissan Navara übrigens. Nach einer Verfolgungsjagd mit zwei Polizeiautos durch Hagen rasten die Gauner über die B 7 Richtung Hohenlimburg. Sie ließen dann aber das Auto im Industriegebiet stehen und flüchteten zu Fuß. In dem verlassenen Wagen fand man unter anderem eine Stadtkarte von Datteln auf dem Rücksitz. Tja, und da dachte ich an dich und unsere Partnerstädte Cannock und Datteln. Warum sollte sonst ein britisches Auto eine Stadtkarte aus Datteln auf dem Rücksitz liegen haben … ?«

»Good idea, my fellow. Und was kann ich da für dich tun?«

»Ja, weiß ich auch nicht so genau. Ich dachte, vielleicht hast du ja eine Idee, Larry … «

»Gib mir mal die Nummer vom Kfz.-Zeichen durch.«

»Moment, hier hab ich sie: CS 51 LGS,« womit Theo die Nummer weiter gab, die er von Kowalski bekommen hatte.

»No no, ich habe sie schon in unser Verkehrs-System eingegeben. Die fehlt hier nicht, in Cannock. Außerdem hört sich das wegen dem ›C‹ vorne von den Buchstaben des Herkunftscodes eher nach Wales an … !? Aber das ist ja nicht so weit weg von hier.«

»Aha, also nicht ›W‹ für Wales?«

»No no, sondern ›C‹ für Cymru, das ist die walisische Bezeichnung für Wales.«

»Aha, aha, man lernt nie aus. Nun gut, dann kommen wir damit nicht weiter.«

»Moment mal, Theo, mir fällt da gerade was ein, denn du sprachst ja von einem Nissan Navara. Ich schau noch mal schnell in unser Diebstahl-System …. Da, da hab ich's schon. Genau, habe mich richtig erinnert. Es war etwa vor zwei Jahren, als hier in Cannock einem älteren Ehepaar ein Nissan Navara auf offener Straße gestohlen wurde. Ich weiß es deshalb noch, weil die beiden, Cindy und Lee Creedance, auch zu unserer Städtepartnerschafts-Gruppe gehören. Die waren auch öfters mal in Datteln und hatten sogar einen Eriba-Campingwagen von einem Dattelner Ehepaar günstig gekauft. Das käme vielleicht also hin: Nissan Navara, britisches Kennzeichen, Stadtkarte von Datteln. Hat der übrigens auch eine Anhänger-Kupplung?«

»Ja, hat er.«

»Theo, my good fellow, da konnte ich dir ja helfen … !?«

»Ja, genau, Larry,« taute Theo Gempel noch mehr auf und versuchte sich sogar höflicherweise in einem seiner paar Brocken Englisch, »thank you very much. And see you later, alligator, hihi … «

Von diesem Gespräch berichtete Theo seinem alten Kumpel Danny Kowalski per Telefon. Der war natürlich hoch erfreut: »Supiiiii, Theo, dann ist das Rätsel über die Herkunft des Nissans ja auch gelöst. Prima. Danke, dass du für mich in England angerufen und soviel heraus gefunden hast. Dann mach mal gut. Und bis die Tage.«

»Joh, Danny, tschö, und halt die Öhrchen steif.«

***

Bei seinen Autofahrten vom Fun-Out nach Hause sah Kowalski schon immer vom Weitem das ›gelbe Haus‹. Das lag exponiert auf einem Hang und lachte ihn mit seiner von der Sonne bestrahlten gelben Farbe besonders an. Deshalb interessierte er sich für dieses Gebäude. Als er und sein Sportsfreund Bobesch begannen, sich mit dem ›gelben Haus‹ zu beschäftigen, da konnte er noch nicht ahnen, dass es für seinen Fall eine besondere Bedeutung haben würde. Fast alle kannten es, das ›gelbe Haus‹. Thomas Lübecker wohnte ja in Berchum und arbeitete als Leiter des FunOut in Hohenlimburg. Immer wenn er zurück, also nach Hause fuhr, nahm er die Abkürzung durchs Industriegebiet, über die Hammacher Straße. Da sah er das gelbe Haus fast täglich. Auch Gerd ›Bobesch‹ Mattes, der in Garenfeld wohnte, nahm für den Rückweg aus dem FunOut diese Abkürzung über die Hammacher Straße. Erst war es ihm noch nicht so bewusst, aber als Kowalski ihn im FunOut darauf ansprach, während er auf dem Ausdauergerät trainierte. Danach sah Bobesch es natürlich auch, fast immer.

Das kam so: Danny war schon öfters das strahlend gelbe Sport-Shirt von Gerd Mattes aufgefallen. Deshalb sprach er ihn da mal drauf an: »Apropos gelbes Hemd. Kennst du eigentlich auch das gelbe Haus?«

Erst wusste Gerd gar nicht so recht, was Danny meinte. Aber auf seinem Rückweg nach Hause nach Garenfeld schaute er mal genauer hin. Von da ab war das ›gelbe Haus‹ für die beiden wie ein ›Running Gag‹, ein Dauerthema, wenn sie sich im FunOut trafen. Es kam sogar so weit, dass sich Danny vor lauter ›gelbes Haus‹-Suchen auf einmal darauf versteifte, dass es womöglich zwei gelbe Häuser dort gab. Das eine, was man von weitem von der neuen Autobahnbrücke Hammacherstraße über die A 44 aus gut sehen konnte, weit hinten rechts hinter Berchum, halb oben auf dem Kamm. Und das andere viel tiefer gelegen, von der Dolomitstraße aus durchs Gebüsch gesehen, unter- halb der A 45-Brücke, rechts hoch auf dem halben Hang, Richtung Berchum. Danny dachte – wie gesagt – wochenlang, dass es sich um zwei verschiedene gelbe Häuser handelte. Nur Gerd Mattes widersprach ihm. Schließlich machte Danny ›Nägel mit Köpfen‹ und nahm seinen Fotoapparat mit, um auf seinem Rückweg nach Fley von den zwei verschiedenen Stellen Fotos vom ›gelben Haus‹ zu machen. Und siehe da: die Foto-Vergrößerungen belegten eindeutig, dass es sich um nur ein gelbes Haus handelte.

Gerd ›Bobesch‹ Mattes: »Sag ich doch, die ganze Zeit … «

Aber was alle drei, Thomas, Gerd und Danny, nicht wussten, war eben, dass Kenny und Trent, die beiden irischen Traveller, in jener dramatischen Nacht des Verfolgungsrennens durch Hagen ebenfalls genau auf dieser Autobahnbrücke Hammacherstraße standen und von weitem das ›gelbe Haus‹ sahen und in ihm eine Lackiererei wähnten … , hahaha …

Das ›gelbe Haus‹, von der Brücke (Hammacherstraße über A 46) aus gesehen, ist dasselbe ›gelbe Haus‹, gesehen von unter der neuen Autobahnbrücke (A 45 über die Lenne).

Deshalb wollte Kowalski es ganz genau wissen. Von der Basis-Station Garenfeld, nämlich dem Haus von Gerd ›Bobesch‹ Mattes aus, startete er zusammen mit Bobesch zu einer kleinen ›gelben‹ Expedition. Auf der Suche nach dem einzig wahren gelben Haus brauchten sie nur die A 45 zu überqueren und dem Garenfelder Weg zu folgen. Plötzlich standen sie davor, direkt vor dem sagenumwobenen ›gelben‹ Haus.

Später sollte sich herausstellen, dass dieses Haus für Kowalskis Fall eine Bedeutung hatte. Aber das wusste er zu diesem Zeitpunkt noch nicht.

Doch die Traveller Trent Smitty und Kenny Gallagher, die hatten es bereits auf ihrem Radar gehabt. Sie wähnten allerdings eine Lackiererei darin.

Als Kowalski es sich anschaute, da sah es absolut nicht nach einer Lackiererei aus.

Was die aufgeweckten Leser schon immer ahnten: Trent Smitty hatte sich mit seinem irischen Halbwissen total geirrt.

Das verlassene Fahrrad

In Kowalski's Keller-Büro klingelte das Telefon. Er lümmelte sich aus seinem Büro-Stuhl hoch und nahm den Hörer ab: »Kowalski hier, Dez. Zett.«

»Ej, Kowalski, hier ist Bandura.«

»Moin, Chefe, was verschafft mir die Ehre?« Kowalski war froh über etwas Abwechslung, seit sie vom Dez. Z. wegen Fannys Undercover-Einsatz bei den Travellers den Ball flach hielten und im Abwarte-Modus geschaltet blieben. Da konnte er mit seinem alten Chefe Bandura, den er schon seit Jahrzehnten kannte und schätzte, auch ruhig mal ein wenig über Fußball klönen. Bandura als BvB-Fan hatte es zur Zeit echt gut, da sein Team sowohl in der BULI-Meisterschaft als auch in Champions League gut da stand. Ganz im Gegensatz zu Kowalskis Lieblingsverein, dem 1.FC Köln, der wieder mal tief im Abstiegskampf steckte. Deshalb wunderte er sich auch nicht über die Frotzeleien von Bandura: »Na, Kowalski, bald wieder zwote Liga, woll … !? Die Geißböcke sind ohne ihr Publikum noch nicht mal die Hälfte wert.«

Damit spielte er auf die Dauer-Situation der Geisterspiele in der BULI an, weil wegen der Corona-Epidemie keine Fußball-Spiele mehr mit Publikum stattfinden durften.

»Tja, du hast gut reden, Bandura, bei deinen schwarz-gelben Borussen läuft's auch ohne die ›gelbe Wand‹ gut. Hoffentlich holt ihr euch endlich mal von den Bayern die Meisterschale zurück … !?«

Das verlassene Fahrrad **in der Nähe der HMV**

Das verlassene Fahrrad an der Hammacher Straße (2019/2020)

»Machen wa, machen wa schon, Kowalski, erst die BULI, dann die Champions League, dann den Weltpokal. Da haben wa doch schon Übung drinne, hat doch 1997 auch schon mal geklappt, haha … «

»Und sonst, Chefe, warum rufste eigentlich an? Bestimmt nicht, um dir von mir ›gelb-schwarzen‹ Honig um den Bart schmieren zu lassen, wonnich … !?«

»Nee, Kowalski, haste recht. Ich hab da was, das könnte eventuell was für dich, für euch und mit eurem Fall zu tun haben, diesem ›Brexit‹-Geheimnis …«

»Na, da bin ich mal gespannt. Schieß los, Bandura.«

»Ja, also, watt soll ich sagen. Es gab da so einen Anruf auf der Hohenleye von so nem besorgten Bürger von der Hammacher Straße. Direkt gegenüber vom Haus unseres besorgten Bürgers stand über mehrere Monate ein Fahrrad am Straßenrand, an ein Verkehrsschild angekettet. Es wurde anscheinend irgendwann im Herbst 2019 dort abgestellt und stand dort unberührt bis Frühling 2020.«

Dieses geheimnisvolle verlassene Fahrrad stand tatsächlich den ganzen Winter über oberhalb der HMV, also dem Firmengelände der Hagener Metall-Verarbeitung, bestimmt ein volles halbes Jahr, von Herbst 2019 bis Frühling 2020 …

… wie abgestellt, aber nie abgeholt.

»Ja, Chefe,« meinte Kowalski, »ich kümmere mich darum. ich fahr da gleich mal vorbei.«

»Okay, Kowalski, mach datt. Und wie läuft's mit Fanny? Schon was Neues gehört?«

»Ne, Chefe, sie meldet sich immer – wie verabredet – einmal am Tag von ihrem Handy. Erst mal noch nix neuet … «

»Joo, Kowalski, dann bis die Tage … «

»Ciao-ciao, Chefe,« verabschiedete sich auch Kowalski.

Er fuhr zur Hammacher Straße und fand die Stelle sofort, wo das abgestellte und angekettete Fahrrad gestanden hatte. Er erinnerte sich daran, weil er das Rad auch immer gesehen hatte. Interessant daran war, dass man von dort, wo das blaue Fahrrad an dem ›50 km-Höchstgeschwindigkeits-Verkehrsschild‹ angekettet war, durchs Gebüsch genau auf das Betriebsgelände der Hagener Metall-Verarbeitung schauen konnte.

»Ob das wohl einen Zusammenhang hatte … .? Waren da womöglich damals am 19. Februar 2019 verschiedene Verkehrsteilnehmer in Action gewesen … ? Nicht nur der britische Nissan, sondern auch das blaue Fahrrad … ? Auf jeden Fall ja auch flüchtige Fußgänger, vom Parkplatz der HMV, Richtung Hohenlimburg. Oder sollte womöglich damals der Fahrer des Nissans mit dem Fahrrad weiter flüchten? Fragen über Fragen.«

Nun gut, wo er eh schon an der Hammacher Straße war, konnte er auch gleich die besorgten Bürger aufsuchen. Die entpuppten sich als Heinrich Friedl und seine Frau Uta, Kowalskis Sportsfreunde aus dem Fun-Out-Fitnesscenter.

»Wie klein die Welt ist … !?« war deshalb auch sein Kommentar, als er zur angegebenen Adresse fuhr, klingelte und Sportkollegin Uta die Tür öffnete.

»Na, Danny, watt machst du denn hier?« fragte diese dann auch entsprechend überrascht.

»Ich bin dienstlich hier, komme wegen dem Fahrrad, hat doch jemand von euch bei uns in der Hohenleye angerufen … «

»Ach, Danny, dann hat mein Mann es doch getan … Wir haben schon seit Monaten darüber gesprochen, dass das so merkwürdig ist, mit dem angeketteten Fahrrad direkt hier gegenüber von unserem Haus. Und dass wir das vielleicht mal der Polizei melden sollten … Ja, dann wird wohl der Heinrich angerufen haben. Soll ich ihn mal holen?«

»Ja, mach das, Uta. Aber vorher kannst du mir vielleicht sagen, wie lange das Rad da stand?«

»Oje, keine Ahnung, echt … Gefühlt stand das da jahrelang … Ich hol mal Heinrich, vielleicht weiß der mehr … ?«

Sie holte Heinrich zur Haustür, den Kowalski ebenso nach dem Fahrrad befragte. Allerdings hatte er auch bei Heinrich kein Glück mit genauen Zeitangaben: »Weißt du, Danny, der Drahtesel stand da lange am Verkehrsschild angekettet. Eines Tages lag das Rad sogar, als wär's runtergerutscht. Paar Tage später stand es wieder aufrecht am Pfahl gekettet. Ich weiß nur, das muss so 2019 bis irgendwann 2020 da gestanden haben. Irgendwann haben es deine Kollegen dann abgeholt. Aber das Datum haben sie ja sicherlich beim Fund-Rapport notiert … ?«

»Ja sicherlich, Heinrich, wobei für mich aber eher das Datum wichtig wäre, ab wann das da 2019 stand. War das vielleicht schon ab Februar? Oder eher? Oder später?«

»Nee-nee, Danny, da kannste mich für schlagen, aber ich hab da nicht drüber Buch geführt. Und aus der Erinnerung weiß ich et au nicht mehr … «

»Ist ja gut, Heinrich, schlagen tu ich dich nicht deshalb. Watte nich weiß, macht dich nich heiß, wonnich … !?«

»Jau, Alter.«

»Okay, dann lass ich euch mal wieder wursteln. Ihr habt ja immer genug zu tun. Bis die Tage im Fitness-Center wieder mal.«

»Tschö, Danny, mach et gut.«

Nachdem Kowalski erfahren hatte, dass das Fahrrad von seinen Kollegen vor einiger Zeit abgeholt worden war, fuhr er zurück ins Büro. Dort rief er die Dortmunder Kollegen von der Spurensicherung an. Sie sollten sich das Fahrrad mal aus der Asservatenkammer in der Hoheleye mitnehmen und in der SpuSi in Dortmund genauer nach Fingerabdrücken untersuchen. Vielleicht gab's ja überraschend einen ›Treffer‹?

Das ›Zentrum des Schreckens‹

Bandura rief Kowalski an: »Hör dir das an, das passierte im Dolomitwerk. Das ist doch dein Revier, Kowalski. Vor ein paar Jahren die ›Reise-Leiche‹ und jetzt die ›Brexit-Karre‹. Vielleicht hat es ja mit deinem aktuellen Fall zu tun? Na, jedenfalls wurde ein 58-jähriger Täter im Dolomitwerk aufgestöbert. Er lag da versteckt zwischen zwei Maschinen. Nicht versteckt genug, jedenfalls nicht für unseren Polizeihund ›Dark‹. Denn der erschnüffelte den Einbrecher in seinem Versteck. Boah, da waren auch wieder Hubschrauber bei der Suche im Einsatz. Genauso wie letztens mit den ›Brexit-Ganoven‹. Ich schick dir mal die Einzelheiten per Intra-Mail, wonnich … «

»Jop, Chefe, her damit. Allet, watt sich da in diesem magischen Viertel des Verbrechens abspielt, könnte für mich interessant sein.«

»Pling,« da kam schon das Eingangsgeräusch für die angekündigte Nachricht von Bandura. Kowalski öffnete sie und las mit großem Interesse:

»Turbulente Verfolgungsjagd mit erfolgreichem Ausgang im Lennetal in der Nacht zum Montag. Mit Unterstützung eines Diensthundes und eines Hubschraubers stellten die Beamten einen Einbrecher (58) auf dem Gelände der Dolomitwerke.

Gegen Mitternacht war ein Beamter mit einem Diensthund in der Dolomitstraße auf Streife unterwegs. Plötzlich trat aus einem Gebüsch ein schwarz gekleideter, maskierter Mann hervor. Als dieser den Polizisten sah, ergriff er augenblicklich die Flucht. Weder der herbeigerufene Hubschrauber noch die zahlreichen Streifenwagen oder der Vierbeiner konnten den Mann zunächst auffinden.

Doch die Beamten gaben nicht auf. Wenig später erblickte der Hundeführer den Maskierten auf einem Turm der Dolomitwerke. Die Polizisten umstellten die Fabrik und fanden den Einbrecher mit Hilfe von Polizeihund ›Dark‹ zwischen zwei Maschinen liegend auf. Allem Anschein nach war er gestürzt. Der polizeilich bekannte Mann führte zahlreiches Einbruchswerkzeug mit sich und wurde vorläufig festgenommen.

Ein Rettungswagen brachte ihn in ein Hagener Krankenhaus. Dort stellte sich dann heraus, dass er die Verletzung vermutlich vorgetäuscht hatte.

Die Staatsanwaltschaft ordnete an, dass der 58-jährige wieder auf freien Fuß gesetzt wird, da er über einen festen Wohnsitz verfügt.«[*]

»Mist,« dachte Kowalski, »den haben se wieder nach Hause geschickt. Muss ich mir erst mal seine Adresse geben lassen und dann hoffen, dass ich ihn auch tatsächlich zu Hause antreffe … Moment mal, ich seh grad, dass dieser Fall mit dem 58-jährigen und Polizeihund Dark ja schon vor drei Jahren war … «

Er rief Bandura an: »Ej, Chefe, die Sache da in den Dolomitwerken, die war ja schon 2017 … «

»Ja, ja, Kowalski, weiß ich doch. Aber erstens war datt volle Kanne in deinem ›Revier‹. Und zweitens: dieser Einbrecher-Typ da, der heißt übrigens Otto ›Ötte‹ Tibulski, und jetzt kommt's, seine Adresse ist Ebendstr. 34 in Hohenlimburg. Da bisse platt, was … !?«

»Datt givet ja gar nich,« grummelte Kowalski vor sich her, »der kommt von der Ebendstraße. Da wohnten doch auch die Traveller, die uns inzwischen entfleucht sind … Womöglich hatte dieser Ötte was mit den Ungarn und den Travellers zu tun … !?«

Damit stand er auf und ging zum Parkplatz. Da wollte er sich den Kerl in Hohenlimburg gleich mal vorknöpfen. Unterwegs könnte er ja auch schnell mal am Dolomitwerk halt machen, wo vor drei Jahren der vierbeinige Kollege ›Dark‹ so groß raus gekommen war.

»Aha, aha, aha,« grübelte Kowalski, als er am Dolomitwerk angekommen war und dort nur noch bergeweise klein zerstoßenes Steingebrösel vorfand, wo früher ein Riesen-Kalkwerk mit Türmen stand, »hier hatte sich der Typ, also dieser ›Ötte‹, 2017 zwischen zwei Türmen versteckt. Aber das war ja so oder so viel zu früh. Das konnte ja unmöglich was mit unserem Brexit-Fall zu tun gehabt haben. Aber trotzdem, nevertheless – wie der Brite so schön zu sagen

---

[*] *Polizeihund ›Dark‹ erschnüffelte Einbrecher in Versteck, in westf. Rundschau Hagen, 11.04.2017*

pflegt – das scheint ja hier bei Herbeck wie ›das Zentrum des Schreckens‹ zu sein … «

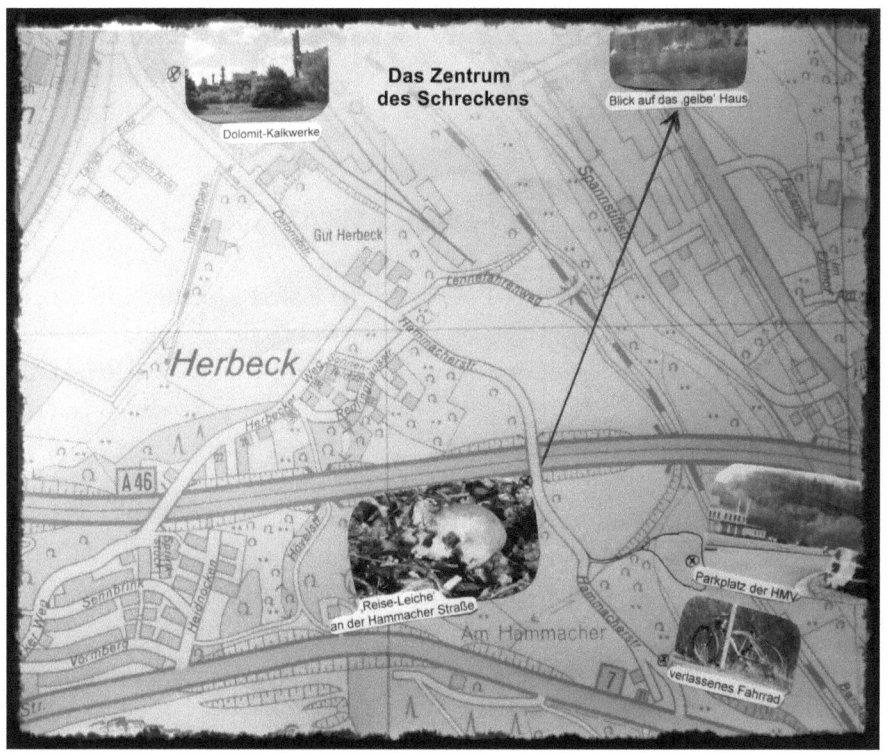

Das ›Zentrum des Schreckens‹ in Hagen, nähe Herbeck

Dabei ließ er seine Blicke vom Dolomitwerk zur Autobahnbrücke schweifen, wo direkt daneben vor einigen Jahren die ›Reise-Leiche‹ an der Hammacher Straße abgelegt wurde. Hinter der Brücke befand sich der Parkplatz der HMV, wo die flüchtigen Gauner die ›Brexit-Karre‹ abgestellt hatten, und das verlassene Fahrrad, natürlich mit Blick auf die HMV. Und mitten drin, von der Brücke selber, hatte man einen hervorragenden Blick auf das ›gelbe‹ Haus in Berchum, das mal strahlend als gelbe Landmarke, mal als eine Auto-Lackierei her hielt. »Alles in allem – für solch einen abgelegenen idyllischen Ort – reichlich viel Verbrechen … ,« dachte sich Kowalski, »oder vielleicht gerade deshalb, eben weil es so schön abgelegen lag, entwickelte es sich zum ›Zentrum des Schreckens‹ … !?«

In Hohenlimburg angekommen fand Kowalski zwar rasch die Adresse, Ebendstr. 34, nicht aber den gesuchten Otto ›Ötte‹ Tibulski. Der wohnte dort nicht mehr, und die neuen Bewohner des Hauses kannten ihn auch nicht …

»Tja, Pech gehabt,« murmelte Kowalski vor sich her, »falsche Spuren hinterher hecheln gehört leider auch zu unserem Job. Dafür hatte ich nen schönen Ausflug nach Hohenlimburg.«

Verschiebung der Fußball-EM 2020 auf 2021

Nach seiner Rückkehr ins Polizei-Präsidium rief Kowalski seinen Chefe Bandura an: »Hallo Chefe, Kowalski hier, das war ne klassische Fehlanzeige für mich. Der ›Schnüffelkollege‹ Dark hat da im Dolomit-Kalkwerk schon ganze Arbeit geleistet. Aber der dort aufgestöberte Mann hatte mit meinen Fall nix zu tun. Aber trotzdem danke … «

Bevor er auflegen konnte, nutzte Bandura die Gelegenheit zu einem kleinen Plausch: »Deine Kollegin ist doch immer noch auf Jück, oder?«

»Jep, aber ich warte schon darauf, dass sie mich anruft. Damit ich nach Hessen fahren und hoffentlich mit ihr zusammen den Fall abschließen kann.«

»Na gut, Kowalski, dann haste ja jetzt ein bisken watt Zeit für mich … !?«

»Joh, hätte ich … «

»Guck ma, Kowalski,« tastete sich Bandura an ein kleines Fußball-Fachgespräch mit seinem Kollegen ran, »die Euro 2020 ist ja schon ausgefallen. Sie sollte paneuropäisch in 12 verschiedenen europäischen Städten stattfinden, unter anderem in München, Kopenhagen, Rom, Lissabon, St. Petersburg und Baku, mit dem Endspiel in London. Aber das weißt du ja auch alles, wem erzähle ich das? Tja, und jetzt wegen der weltweiten Corona-Pandemie, da wurde die Euro 2020 auf 2021 verschoben, und zwar vom 11. Juni bis zum 11. Juli 2021.«

»Jau, Chefe,« ergänzte Kowalski, »selbst die BULI 2020 wurde 9 Spieltage vor Saison-Ende abgebrochen. Selbiges galt ja auch für die Champions League. Bei beiden war monatelang nicht klar, ob und unter welchen Bedingungen die Saison 2019/2020 zu Ende gespielt werden konnte. Klar, dass sich die Vorschläge gegenseitig überboten, wie man dann doch noch die BULI und die CL spielen könnte. Weißte, watt ich da gemacht habe, Chefe … ?«

»Nee, weiß ich nicht, Kowalski, aber du wirst es mir bestimmt sofort erzählen.«

»Ja und nein gleichzeitig, Chefe.«

»Wie geht datt denn!?«

»Also ich hab da einen offenen Brief an die DFL geschrieben, also an die Deutsche Fußball-Liga. Das würde jetzt zu lange dauern, wenn ich dir das vorlesen würde. Zumal es gab auch eine Antwort vom DFL. Und danach noch eine total lustige Korrespondenz dazu mit meinem alten Schulfreund Pitter O. Ich schicke dir mal übers Intranet die ganzen Briefe zu. Du wirst dich garantiert ›Schöpps‹ lachen, Chefe … «

»Okie-dokie, Kowalski, dann schick'se ma los. Ich warte hier.«

Kowalski hatte sich das schon gedacht, dass Bandura das interessieren könnte. Deshalb hatte er die Dateien vorausschauend zu Hause auf einen Stick gezogen und sandte sie dann alle hintereinander seinem Chefe per e-mail zu, denn er wusste, dass der sich so kurz vor seinem Rentenbeginn über ein bisken Abwechslung sehr freuen würde:

»Vorschlag an den DFL zur geplanten Wiederaufnahme des BULI-Betriebs ab Mai 2020 trotz Corona-Krise:

Da die Corona-Krise nach Einschätzung der medizinischen Fachleute erst im Hochsommer 2020 in Deutschland zu erwarten ist, habe ich folgenden Vorschlag, um BULI-Spiele zu ermöglichen, die den gesundheitlich erlaubten gesetzlichen Regeln entsprechen.

a) ohne Zuschauer sowieso

b) Abstand zwischen den Spielern: 2 m, also keine Zweikämpfe, keine Ecken sowieso nicht, da zu viel Gedränge. Die Zeiten von Overath und Netzer sind leider vorbei, wo mit langen Pässen und entsprechendem Spieler-Abstand gespielt werden konnte.

c) deshalb stellen sich bei Spielbeginn die Spieler auf ihre Positionen (mit dem entsprechendem Abstand).

d) Spielbeginn, 1. Halbzeit: direkt Elfmeter-Schießen, da ist der Abstand zwischen den Spielern gewährleistet. Von jeder Mannschaft schießen 5 Spieler.

e) zur Halbzeit kann es damit sogar ein Unentschieden geben.

f) Spielbeginn, 2. Halbzeit: abschließendes Elfmeter-Schießen, wieder von jeder Mannschaft schießen 5 Spieler. Aber dieses Mal schießen andere Schützen, sodass es insgesamt 10 Schützen pro Mannschaft gibt.

g) Spielende nach insgesamt 20 Elfmetern. Es kann Heimsieg, Remis oder Auswärtssieg geben.

FAZIT: Klar ist Elfmeterschießen Glückssache, aber immerhin Fußball. Immerhin besser als so ein Münzwurf wie nach dem 3. Unentschieden-Spiel zwischen dem 1.FC Köln und FC Liverpool (im Europapokal der Landesmeister, Saison 1964/65), dessen erster Versuch auch noch senkrecht im Matsch stecken blieb. Selbst dabei waren wir Zuschauer zuhause an den TV-Bildschirmen total gebannt … «

Damals fragte sich Kowalski zu Recht, ob die wohl antworten würden … ?

Seinem alten Schulfreund Pitter O. hatte er das auch geschickt. Der antwortete folgendermaßen:

»Keiner weiß, wie es weiter geht, und dann kommt ein Highlander daher und zeigt diesen Blitzbirnen von der DFL, wo der Bartel den Mostrich holt.

Großartig.

Ich finde diesen Vorschlag genial, zumal kein Zweikampf- oder Taktik-Training möglich wäre. Aber 11er-Schießen geht immer. Ich möchte aber gerne noch ein paar weitergehende Vorschläge machen:

a) Der Ball trägt unbedingt eine Schutzmaske, denn wenn ihm beim Pöhlen die Luft ausgeht, darf er nicht die in ihm möglicherweise beheimateten Viren in die Gegend blasen.

b) Die Spieler tragen keine Schutzmasken, sondern die Bundeswehr stellt Gasmasken zur Verfügung. Das sieht nicht nur lustig aus, sondern macht das Schießen noch etwas schwieriger, da das Gesichtsfeld etwas eingeschränkt ist. (Chancengleichheit für die Schwächeren).

c) Es ist bei Höchststrafe von 20 Pflichtspielen verboten, auf den Rasen zu rotzen. Bei dieser Rotzerei kann man sich nicht nur übel verletzen (ausrutschen), sondern sich auch noch infizieren, wenn man mit seinen Schleimhäuten in den Schnodder fällt. Pfui Deibel.«

Die Ergänzung fand Danny Kowalski so gut, dass er dem Pitter spontan antwortete:

»Genau, wir übernehmen deine Vorschläge noch mit in die ›Highländer-Option‹, haha …. Vorschlag b) kenne ich noch von den Fallschirmjägern bei der Bundeswehr 1971: was für ein Gerödel … ?: mit angezogenen Gasmasken durch Kellergänge und unter Hindernissen herum robben. Da kommen die Bubis in kurzen Hosen wenigstens mal ins Schwitzen, hihi.

Und zu deinem Vorschlag c) hab ich noch ne Steigerung zu bieten. Da es wegen ›nur noch 11 m-Schießen‹ keine ›Tor des Monats‹-Sendung im TV geben wird, kann stattdessen der ›Rotzer des Monats‹ regelmäßig ›geehrt‹ werden. Die, die es immer noch nicht lassen können, die sollen öffentlich mit Großaufnahme und in Zeitlupe geächtet werden. Was sonst schon immer im höchsten Maße unappetitlich ist, das ist in Corona-Zeiten geradezu gefährliche Körperverletzung mit Inkaufnahme von Todesfällen (also fahrlässige Tötung). Der ›Rotzer des Monats‹ wird dann hinterher so ›geadelt‹, dass er den Rasen komplett säubern muss (in Gasmaske natürlich immer noch). Und zur Strafe bekommt er in dem Wahlmonat seiner Ehrung kein Gehalt, im Wiederholungsfall ein ganzes Jahr ohne Kohle. Kommt alles in einen Pool für Krankenschwestern an der Front ... «

Schließlich kam tatsächlich die nichtssagende Antwort-e-mail von der DFL. Na ja, es sah halt aus wie ein Standard-Antwort-Brief für alle Fans. Sie gingen nicht auf Danny Kowalskis Brief ein, der zugegeben eine Real-Satire war. Aber sie sollen bloß nicht eines Tages kommen, seinen Vorschlag in die Realität umsetzen und das dann als ihre eigene geniale Idee verkaufen, hihi ...

»Lieber Bundesliga-Fan,

die gesamte Gesellschaft und damit auch der Fußball erleben derzeit eine große Herausforderung. In allen Lebensbereichen hat die Eindämmung des Corona-Virus höchste Priorität. Das gilt selbstverständlich auch für die Bundesliga und 2. Bundesliga. Deshalb pausiert der Spielbetrieb in beiden Ligen bis mindestens zum 30. April.

Erklärtes Ziel von Clubs und DFL ist es weiterhin, die Saison 2019/20 zum Abschluss zu bringen. Dies ist nicht nur eine wichtige Voraussetzung, um sämtliche Saison-Entscheidungen durch sportlichen Wettbewerb zu treffen. Das Austragen von Spielen ist auch die Grundvoraussetzung für Clubs und DFL, um Erlöse zu erzielen und laufenden Verpflichtungen nachzukommen – auch gegenüber rund 56.000 Arbeitnehmerinnen und –nehmern, deren Beschäftigung direkt oder indirekt mit dem deutschen Profifußball verbunden ist.

Um potenzielle Szenarien und Handlungsoptionen bestmöglich vorzubereiten, werden von der DFL sowie allen Clubs der Bundesliga und 2. Bundesliga standortbezogene Produktionskonzepte für Spiele ohne Stadionbesucher entwickelt, die darauf abzielen, Bundesligaspiele mit einem möglichst geringen Personalaufwand in den Bereichen Sport, Medien und allgemeiner Organisation durchzuführen. Zudem wurde die ›Task Force Sportmedizin/Sonderspielbetrieb‹

gegründet, welche Konzepte für eine medizinisch vertretbare Fortführung des Spiel- und Trainingsbetriebes erarbeiten soll.

Bei allen Handlungsoptionen und Überlegungen steht außer Frage, dass externe Faktoren wie die Verbreitung des Virus und die Bewertung durch die Politik für die Entwicklung in den kommenden Wochen maßgeblich sind und den Anordnungen des Bundesministeriums für Gesundheit sowie der Gesundheitsbehörden an den jeweiligen Standorten der Bundesliga und 2. Bundesliga zu folgen ist.

Gemeinsam mit den Clubs der Bundesliga und 2. Bundesliga unterstützt die DFL die Initiative des Bundesministeriums für Gesundheit #wirbleibenzuhause. Die Botschaft: Wer sich schützt, schützt auch andere! Es gilt, zu Hause zu bleiben, um die Älteren, die Kranken und die Schwachen zu schützen.

Bleiben Sie und Ihre Familie gesund!

Mit freundlichen Grüßen

DFL Deutsche Fußball Liga.«

Tja, so far, so good die Antwort des DFL. Da biste nach dem Durchlesen genauso schlau wie vorher.

»Aber wie immer im Leben würde es auch in dieser Pandemie weiter gehen,« wusste Kowalski hundert Pro, »aber wie sollte es weiter gehen? ... mit den Totti-Tippern ... ?: nach dem Tod von Hannes Engelmann war die zwei Jahrzehnte lang erfolgreiche Totti-Tippgemeinschaft plötzlich gesprengt worden. Deshalb verblieb der Totti nach dem Besuch bei Hannes auf dem Friedhof für immer dort. Und der kleine rote ›Bobby‹ wurde zum EM-Pokal 2021, um den die beiden verbliebenen Ex-Tottis im Kaffee im Quadrat tippen wollten.

Die beiden, also Werner und Danny, trafen sich nicht mehr monatlich zum traditionellen Totti-Tipptreffen. Aber alle halbe Jahre wollten sie sich doch treffen. Da käme ihnen die EM 2021 zum Tippen gerade recht. Danny Kowalski hatte auf jeden Fall schon einen neuen kleinen Wanderpokal für sie beide aufgetan: den kleinen roten Bobby. Und für den Sommer wäre er auch bereit, ein EM-Tippspiel vorzubereiten. Und da ja das EM-Endspiel – wie bisher geplant – im Londoner Wembley-Stadion stattfinden sollte, wurde der Name ›Bobby‹ für den EM-Pokal gefunden. Denn ›Bobby‹ stand stellvertretend für den bisher größten Erfolg der englischen Fußballnationalmannschaft, den gewonnenen WM-Titel 1966. Damals waren Mannschaftskapitän Bobby Moore und Mittelfeldregisseur Bobby Charlton die spielbestimmenden Figuren des englischen WM-Teams.

Chefe Bandura rief an: »Joh-joh-joh, Kowalski, hab alles gelesen und mich schlapp gelacht. Besonders lag ich auf dem Boden, als ich die Story mit der Anti-Rotzer-Kampagne von deinem Kumpel Pitter O. las. Aber hömma, jetzt ma ›Butter bei de Fische‹. Watt meinste zum Thema ›aktueller BULI-Fußball‹?«

Der Totti verblieb nach dem Besuch bei Hannes auf dem Friedhof für immer dort.
Und ›Bobby‹ war der EM-Pokal 2021, um den die beiden verbliebenen Ex-Tottis im
Kaffee im Quadrat tippen wollten

»Traurige Geschichte ohne Zuschauer und Fans. Ich sach nur ein Wort, Chefe, und datt heißt ›Heimnachteil‹ … «

»Tja,« philosophierte Bandura weiter, »früher gab es noch den BULI-Heim-vorteil, wie die ›Süd‹ in Dortmund, die gelbe Wand, also die mit Fans in gelben Trikots vollbesetzte Südtribüne. Oder das stets gefüllte Kölner Stadion mit feierwütigen Jecken, selbst zu Zweit-Liga-Zeiten. Die berühmte Schalke-Arena oder gar der Hexenkessel auf dem Betzenberg der Kaiserslauterer ›Roten Teu-fel‹ waren schier uneinnehmbare Festungen. Das war inzwischen alles verges-sen und lange her. Es gab keine Macht der Heim-Mannschaften mehr. Und so wurde aus einem Heimspiel eher ein ›Heimnachteil‹.«

»Joh, haste total recht, Bandura. Denn leider hatten jetzt auch die Spiele der Geißböcke oft etwas von ›Not gegen Elend‹. Echt, ej, bei den Kölnern lief zu Hause ohne Heim-Publikum nicht wirklich viel. Da wäre ein Remis schon ein Erfolg gewesen. Aber so, aber so, ne ne, da entpuppte sich jedes Heimspiel für meine ›Geißböcke‹ als Heimfalle.«

»So isset, Kowalski. Datt galt zumindest zu Corona-Zeiten für die BULI. Würde das auch bei der kommenden EM im Sommer 2021 für die deutsche Nationalmannschaft gelten? Wenn sie in der Vorrunde zu Hause gegen Welt-meister Frankreich, Europameister Portugal und gegen Ungarn antreten wer-den … ? Alle drei Heimspiele sollten in München stattfinden.«

»Na ja, Bandura,« ereiferte sich Kowalski, »Fußball in Zeiten von Corona ist sowieso eine fragliche Angelegenheit. Keine Zuschauer mehr, keine Fan-Kul-tur. Ja, spielen die nur für sich selber? Um sich und ihren teuren Spielbetrieb aufrecht zu erhalten … !? Sieht fast so aus, als würden die Club-Fürsten mei-nen: ›Zuschauer sind eh nur lästig, machen Dreck und Lärm und geben un-qualifizierte Kommentare ab … !!!‹ Da würde allerdings das fein aufgebaute Karten-Häuschen der ›Fußball-Industrie‹ von selber in sich zusammen fallen. Ursprünglich war ja die Idee historisch bis ins alte Kolosseum der Römer-Zeit zurückreichend: ›Panem et circenses‹, also Brot und Spiele. Der lateinische Ausdruck ›panem et circenses« stammt vom römischen Dichter Juvenal. Er be-deutet ›Brot und Zirkusspiele«: mehr brauchten die Menschen damals im alten Rom nicht, was zu essen, und ab und zu etwas Unterhaltung. Und heutzutage: das tägliche Brot wird durch die Arbeit verdient, und zur Unterhaltung gibt es Fußball-Spiele. Früher wurde bei den Römern im Kolosseum ein hungriger Löwe zu 22 gefangenen Christen gesteckt, auf dass es ging um Leben oder Tod.

Heutzutage wirft man in den modernen Kolosseen 22 gekauften Spielern einen Ball zu, auf dass es geht um Sieg oder Niederlage. Ja, soweit die Theorie …

… aber wenn gar keine Zuschauer mehr da sind, sich dieses Spektakel anzuschauen, dann wird es sinnlos. Nur noch ein Selbstzweck, der sich früher oder später in sich selber auflösen wird.«

»Ein wahres Wort zur richtigen Zeit, mein lieber Kowalski. Aber ich kann dir auch mal von was Gutem in diesen blöden Zeiten erzählen. Denn selbst unser Dortmunder Jung, der Bernie Braus, der beschäftigte sich zusammen mit seiner Frau Vanessa Fürstlos in der Corona-Krise außer mit sich selber auch mal mit anderen Menschen. Die beiden haben als Zeichen ihrer Hilfsbereitschaft die Aktion ›Help your Hometown‹ ins Leben gerufen. ›Mit einer Spende von 500.000 € wollen der Kapitän von Borussia Dortmund und seine Frau dazu beitragen, dass lokale Kleinunternehmen die finanzielle Notlage meistern.‹* Schöne Sache, wonnich … !?«

»Joh-joh-joh, mein Chefe,« pflichtete Kowalski ihm bei, »aber unser ›Bundes‹-Jogi, der Bundestrainer Löw, oj-oj-oj, der war ja mächtig unter Beschuss geraten, nachdem seine Jungens sich im Länderspiel eine 0:6-Pleite gegen die Spanier erlaubt hatten. So als hätte er selber mitgespielt. Von daher war der Kommentar des einstigen ›Radio-Königs‹ Manni Breuckmann gar nicht mal so unpassend, als er mahnte: ›Es standen ja auch noch elf Spieler auf dem Platz.‹ Recht hatte er damit immerhin, aber vielleicht standen sie ihm zu viel … ? Hihi. Fußball soll ja angeblich ein Laufsport sein … !?«

»Jop, Kowalski. Und wie soll es weiter gehen? Mit Jogi Löw, oder ohne? Haha … ! Ich sach ma: Tschö, was … Hau rein, und bis die Tage.«

»Okay, Chefe, bleib negativ und denk positiv, wie man heuer zu Corona-Zeiten so schön zu sagen pflegt.«

So verblieben sie denn ›bis die Tage‹, in denen Kowalskis Gedanken zwischen dem aktuellen Fall und den Diskussionen der verschiedenen Fußball-Experten hin und her waberten.

Und dann, ein paar Tage später, mitten in die Überlegungen der Fußballgremien, wie und ob es denn nun mit der EM 2021 weiter gehen sollte oder nicht, bekam Bandura abends spät noch einen Anruf: »Ja, hier Bandura.«

---

* *fs – ›BvB-Kapitän spendet 500.000 €‹, in Westfälische Rundschau Hagen, 28.03.2020*

»Chefe, Kowalski hier, ich fahr jetzt los, nach Hessen. Hab von Kollegin Fanny einen Notruf bekommen. Ciao-ciao, hab's eilig, hasta la vista … «

»Okie-dokie, Kowalski, hau die Fanny da raus. Und hinterher sachste mir Bescheid. Viel Erfolg, alter Schwede!«

Fanny beim Shoot-Down in Hessen

… und was war in der Zwischenzeit alles mit Fanny und ihrem Undercover-Einsatz bei den Travellern geschehen?

»Also Sweetheart, auf nach Hessen,« sprach Jimmy McCracken, »wohin möchtest du denn jetzt lieber, zum Camping-Platz in Eppstein, oder zum ›Rummel-die-Katz-Meeting‹ in Ginsheim … ?«

»Tja … , und was würdest du lieber machen, Jimmy-Boy?«

»Normalerweise beim Meeting mit Feiern und Saufen bis zum Abwinken, deutsche Frauen bumsen, wo wir sie kriegen können … Aber ich hab ja jetzt dich.«

»Na gut, dann den Camping-Platz. Das hört sich doch beschaulicher an.«

»Okie-dokie, der liegt auch für uns günstig zu erreichen, ist nur wenige Autominuten von der Autobahn A 3 entfernt.«

In Eppstein angekommen, fuhren sie auf das Gelände mit 200 Wohnwagenstellplätzen, die sich auf dem terrassierten Gelände zwischen alten Obstbäumen und Buschwerk verteilten. Dort hatten sie einen idyllischen Blick auf die Eppsteiner Stadtteile Niederjosbach und Bremthal.

Nachdem Fanny mit Jimmy in Hessen angekommen war, rief sie bei der nächsten Gelegenheit Kowalski an: »Ja, Kowalski, Fanny hier. Wir sind jetzt in Hessen, tatsächlich auf einem Camping-Platz in Eppstein bei Kelkheim im Main-Taunus-Kreis … «

»Gott sei Dank, dass du anrufst,« unterbrach Kowalski sie, »ich hab mir schon große Sorgen um dich gemacht … «

»Mann-Mann-Mann, entspann dich, Kowalski. Brauchst dir keine Sorgen um mich zu machen. Der Jimmy ist total lieb zu mir. Er ist geradezu bestechend. Der tut mir total gut. Also keine Bange. Wenn sich was interessantes Neues tut, dann melde ich mich. Ciao-ciao.«

Und damit legte sie schnell wieder auf.

Dort auf dem Camping-Platz bei Eppstein nisteten sich die beiden frisch Verliebten ein. Nach ein paar Tagen traf sie die nette Frau morgens in den Waschräumen wieder, die sie schon einige Mal auf dem weiträumigen Campinggelände gesehen und freundlich begrüßt hatte. Sie stellte sich vor und entpuppte sich als eine Irin aus Galway namens Siobhan (irische Aussprache in etwa: *siwahn*). Sie und Fanny kamen sich rasch näher. Fanny brauchte sich gar nicht erst groß vorzustellen. Sie war nämlich schon ›das‹ Gesprächsthema unter den Iren auf dem Platz, die neue Flamme von Jimmy. Eine Deutsche, die spontan mit ihm losgezogen war: »das musste schon eine besondere Frau sein … !?!«

Bei ihren Gesprächen stellte sich heraus, dass Siobhan zusammen mit ihrem aktuellen Lover und ihrem Bruder unterwegs war. Nachdem Fanny mal mit Siobhan zu deren Wohnmobil mit gekommen war, erlebte sie eine große Überraschung, als sie die beiden männlichen Begleiter Siobhans kennen lernte. Die waren zwar eigentlich sehr nett, zuvorkommend und galant, begrüßten sie sogar mit Handschlag und nannten brav ihre Namen. Doch, oh Schreck, es handelte sich um ihren Bruder Trent Smitty und ihren Lover Kenny Gallagher. Siobhan hieß nämlich mit Hausnamen Smitty und war als junge Frau von ihrem Geburtsort Lifford nach Galway umgezogen: »auch an der schönen irischen Westküste, aber da ist bedeutend mehr los … «

Fanny ließ sich nichts anmerken, dass sie die beiden von den Fotos her sofort erkannte. Es traf ja genau das ein, was sie sich erhofft hatte: durch das Undercover-Leben eventuell was über die beiden flüchtigen Traveller heraus zu finden. Dass sie die beiden jetzt sogar persönlich kennen lernte, war ja geradezu das Sahnehäubchen auf ihrer Aktion. Kenny konnte ganz gut deutsch, so dass sie sich super verständigen konnten. Sie plauderten offen über dieses und jenes. Dabei erfuhr sie, dass sich Trent und Kenny genauso wie sie und Jimmy für das Zurückgezogene des Campingplatz-Lebens entschieden hatten. Allerdings aus ganz unterschiedlichen Gründen. Fanny und Jimmy waren ja allseits als frisch verliebtes Paar bekannt und fühlten sich im Wohnmobil bei ihren nächtlichen Kuschelübungen sauwohl. Dagegen mussten Kenny und Trent eher untertauchen und sich eine Weile ›still‹ verhalten. Also ›still‹ in dem Sinne, nix Illegales zu unternehmen. Das erzählten sie ganz freimütig in die Runde. Denn unter Travellern war es eh eine ganz normale Sache, ab und zu mal was Ungesetzliches zu machen. Natürlich arbeiteten sie auch ganz normal und legal. Am liebsten was mit Pferden, das konnten sie gut. So war auch Jimmy gerade für einen ganzen Tag und direkt auch noch die darauffolgende Nacht von einem begüterten Pferdehof im Taunus verpflichtet worden. Das freute ihn, da er ja auch für die Stellplatzgebühr auf dem Camping-Platz von Vaddern Brehmer einiges an Geld verdienen musste. Da war ihm das Arbeiten als Pferdepfleger gerade recht. Die Traveller kamen ja extra deshalb in den Taunus, weil es in dieser Gegend der Millionäre und vielen reichen Leute jede Menge Pferdehöfe gab. Dort hatten sie schon immer Arbeit gefunden. Außerdem hatte sich seine Fanny auch bereits mit anderen Iren vom Platz angefreundet. Da konnte er sie auch ruhig mal einen Abend allein lassen.

Und deshalb konnte Fanny am Abend Kowalski anrufen: »Ey Mann, ich hab sie, Kowalski. Die beiden, die wir suchen, Kenny Gallagher und Trent Smitty, sind auch hier auf dem Camping-Platz in Eppstein. Ich hab sogar schon mit denen gesprochen … «

»Ach du Jesses, Fanny, mach bloß keinen Scheiß … !!! Das kann gefährlich werden.«

»Beruhige dich, Kowalski, ich habe Siobhan, die Schwester von Trent, kennen gelernt, die wiederum mit Kenny zusammen ist. Da haben wir nur ne Runde nett geplaudert.«

»Okay, Fanny, ich mache mich direkt auf den Weg zu dir. Ich weiß nicht, wie lange die Fahrt dauert, aber so vielleicht in drei Stunden bin ich dort. Mach keine Solotouren. Ich komme, und dann machen wir das zusammen … Übrigens: super Arbeit von dir. Dann bis später.«

»Na, prima,« dachte sich Fanny, »die Burschen aufgespürt, die ja eigentlich ganz nett erscheinen. Kowalski informiert, der schon auf dem Weg hierher ist. Dann kann ich's mir ja mit nem Glas Guinness im Wohnmobil gemütlich machen.«

Aber sie trank sich dann doch erst mal zum Sonnenuntergang einen ihrer Entspannungstees. Das Guinness hob sie sich für den späteren Abend auf. In diesen beschaulichen Übergangsmomenten zwischen Tag und Nacht dachte sie noch nicht im Traum daran, was für eine dramatische Wendung ihr dieser Abend noch bescheren würde …

Sie war gerade erst in das Wohnmobil geklettert, als sie es an der Tür klappern hörte. Erst dachte sie, es wäre schon Kowalski: »Nee, das kann nicht sein. Der ist noch unterwegs.« Dann käme für sie noch ein später Besuch von Siobhan in Frage. Sie ging zur Tür und fragte: »Hello, who's there?« Sie wollte die Tür gerade öffnen, als diese auch schon aufgestoßen wurde und sich ein Mann herein drängte. Es war Simon, ein einzelgängerischer irischer Typ, den sie schon ein paar Mal von Weitem gesehen hatte. Sie hatte ihn für sich im Stillen immer nur ›Simple Simon says‹ genannt, also ›der simple Simon sagt‹, nach dem Song von der Gruppe ›1910 Fruitgum Company‹ von 1968. Dieser Simon hatte sich bereits schon ordentlich einen angesoffen und dachte sich: »der Jimmy ist bis morgen im Pferdestall beschäftigt. Der kommt heute nimmer heim. Und wo die Schnecke vom Jimmy ganz alleine ist, da kann ich sie ja mal trösten. Die soll ein ganz steiler Zahn sein. Und ich habe auch die lauten Brunftgeräusche aus dem Wohnmobil gehört.« Die neue Generation von Wohnmobilen ist zwar weitaus besser isoliert als die alten Schätzchen von Wohnwagen früher. Aber das lustvolle Gestöhne in der Nacht von Fanny und Jimmy konnten die Wohnmobilwände nicht davon abhalten, nach draußen zu dringen. In Simons einfacher Denke spiegelte sich recht anschaulich das Macho-Weltbild der männlichen Traveller wider. Denn deren Erziehung und Sozialisation hat sie so von sich eingenommen, dass sie meinen, jede Frau wäre ihnen dankbar, wenn sie sich nur mit ihr beschäftigen.

Doch da war der gute ›Simple Simon‹ bei Fanny absolut an die Falsche geraten. Besonders, als er ihr dann auch noch in seinem betrunkenem Kopf an die Wäsche wollte. Sie schubste ihn erst mal locker mit den Händen auf das Bett, dass er da lag wie ne hilflose Schildkröte auf dem Rücken, nur noch mit den Beinen strampelnd. Den hätte sie auch ohne Aikido-Kenntnisse bändigen können, so besoffen wie der war. Nun ja, aber dieses Gestöhne und Gestrampel wollte sie sich nicht länger anschauen. Zumal sie ja eventuell in dieser Nacht noch mit Kowalski einen Einsatz hatte. Deshalb schlug sie ihn mit einem gezielten Faustschlag voll aufs Kinn K.o. Sie wollte ihm nicht gar so weh tun, er sollte ja nur ein bisschen schlummern. Danach rollte sie Simon auf den Bauch, fesselte ihm die Hände auf den Rücken, band ihm die Beine zusammen und knebelte ihn mit einem alten Lappen, den sie im Waschraum fand. Der Kerl sollte sie jedenfalls in dieser Nacht nicht mehr durch unnützes Geschrei zum falschen Zeitpunkt in ihrem Aktionsradius stören.

Da lag er, wie ein fertig geschnürtes Frachtpost-Paket für nach Irland. Darüber musste sie wirklich schmunzeln: »Einmal Simple Simon per Einschreiben, zurück nach Irland … «

Die Wohnmobiltür stand noch von Simons gewaltsamen Eindringen halb offen, als sie es schon wieder von dort rumoren hörte.

»Ist ja wie am Bahnhof heute Abend hier, so'n Betrieb … ,« dachte sie für sich, »kaum ist der Herr aus dem Haus, geht's hier zu wie im Taubenschlag.« Sie hatte sich gerade vom Bett hoch gerappelt, wo sie Simon fachmännisch – oder in diesem Fall: fachfrauisch – verschnürt hatte, als dieses Mal gleich zwei Männer ins Wageninnere vordrangen. Glücklicherweise hatte Jimmy die Rückseite des Vans nach innen mit einem Spiegel geschmückt, sodass sie im Aufschauen Kenny und Trent erkannte. Beide hatten bitterböse Mienen aufgesetzt, die nix Gutes versprachen. »Entweder hat Kenny mich irgendwann beim Telefonieren belauscht,« klackerten die Möglichkeiten blitzschnell durch Fannys Hirn, »oder sie waren wegen meiner Fragerei im Nachhinein doch misstrauisch geworden … ?«

Egal, die beiden stürmten wütend auf sie zu, um sie sich von hinten zu packen. Aber während sie immer noch mit dem Rücken zu ihnen stand, konnte sie die beiden Traveller gut im Spiegel sehen. Ihr blieb nichts anderes übrig, als ihr Aikido-Können auszupacken. Sie suchte sich einen festen Stand mit den Füßen, spannte ihren Körper an und rammte genau in dem Moment des Angriffs ihre beiden nach außen gespreizten Ellenbogen fachgerecht in die ungeschützten Kehlköpfe der beiden Männer. Die klappten wie zwei Kartoffelsäcke in sich zusammen, von ihrer eigenen Wucht und von Fannys gezielten Schlägen kurzzeitig außer Gefecht gesetzt. Deshalb musste sie auch zügig handeln. Sie legte die beiden auf den ersten Traveller und verpackte auch sie mit Schnüren. Da Jimmys Paketbandrolle schon für Simon aufgebraucht war, riß sie die Schnüre von den Gardinen runter, um damit die beiden zu verknoten. »Dumm gelaufen, ihr Blödmänner,« murmelte sie vor sich hin, »ich wollte doch nur mit euch reden … «

Schnell rief sie Kowalski an. Der stand allerdings eh schon bei Vadder Brehmer am Info-Häuschen vor dem Campground. Zusammen ging er mit dem Platzwart zu Jimmy McCrackens Wohnmobil, den Kowalski im Dunkeln sowieso nicht alleine gefunden hätte. Sie gaben sich beim Klopfen an der Wohnmobiltür für Fanny zu erkennen. Diese öffnete ihnen. Und Kowalski erkannte die Situation mit einem Blick. Rasch trat er ans Bett und fixierte die beiden oben liegenden Männer erst einmal mit seinen Handschellen. So konnten Kenny und Trent – gut aneinander gekettet – nicht mehr so leicht türmen.

Dann fragte er Vadder Brehmer nach der zuständigen örtlichen Polizeistelle. Der gab ihm die Nummer. Und Kowalski rief dort an, worauf sich schnell eine freundliche männliche Stimme mit hessischen Dialekt meldete: »Polizeistation Kelkheim, Hauptkommissar Ottmar Oldenburg.«

»Tach, Herr Kollege, hier Kommissar Kowalski aus Hagen. Ich bin hier am Camping-Platz Eppstein. Da Gefahr in Verzug war, musste ich schnell handeln. Ich habe zusammen mit meiner Kollegin Bevenbreucker drei Traveller festgesetzt. Könnten Sie bitte ohne Blaulicht mit zwei Wagen hierhin kommen, damit nicht unnötig ein Aufruhr im irischen Lager entsteht.«

»Ach, die Traveller schon wieder. Haben sie wieder Ärger gemacht?«

»Nicht so direkt, Herr Oldenburg, wir waren zwei von den dreien schon länger auf der Spur. Ich erkläre Ihnen das später noch ausführlich. Der Vadder Brehmer hier vom Platz wird Sie am Eingang erwarten.«

»Okay, Herr Kollege, wir kommen unauffällig. Dann bis gleich.«

»Keine 20 Minuten später kam Vaddern Brehmer schon mit einigen hessischen Kollegen von der Polizeistation Kelkheim zurück zu McCrackens Wohnmobil. Ohne viel Aufsehen zu erregen, führten sie die drei immer noch ziemlich angeknockten Traveller relativ unauffällig vom Platz und fuhren mit ihnen zurück nach Kelkheim. Dort wurden sie erst mal für die Nacht in Arrest gesteckt. Kowalski und Fanny erklärten ihrem Kollegen ausführlich, was es mit dieser Aktion auf sich hatte. Anschließend fragten sie noch nach der zuständigen Kripo, um die Traveller am nächsten Tag ordnungsgemäß vernehmen zu lassen.

»Tja,« meinte Polizeihauptkommissar Ottmar Oldenburg, »wir sind ja hier nur eine einfache Polizeistation in Kelkheim. Die Kripo des Bezirks Westhessen sitzt in Wiesbaden. Da wären im Moment Kollege Hauptkommissar Maximilian Felsenheim und seine junge Kollegin Kommissarin Christina Lerche zuständig. Ich rufe da mal gleich an, damit die beiden morgen früh zur Vernehmung herkommen.«

»Prima, Herr Kollege,« meinte Kowalski, »dann brauchen Sie uns nur noch ein Hotel zu verraten, wo wir jetzt noch unangemeldet unterkommen können.«

»Och, da nehmen Sie am besten das Hotel Kelkheimer Hof, das ist nur 600 m vom Kelkheimer Zentrum entfernt.«

»Danke, danke, dann bis morgen früh. Wir melden uns. Und gut's Nächtle,« verabschiedete sich Kowalski von Oldenburg.

»Komm, Fanny, ab in die Heia. Oder willst du etwa wieder zurück in das Wohnmobil?«

»Nee, jetzt nicht, aber morgen möchte ich mich trotz alledem von Jimmy und von Siobhan verabschieden … «

»Klaro, liebe Fanny, das machen wir dann morgen alles. Jetzt aber ab ins Hotel.«

Bevor sie jeder für sich in ihre Einzelzimmer verschwanden, gönnten sie sich an der Hotelbar als kleinen Absacker noch einen Bembel Äppelwoi. Sie waren ja schließlich in der Frankfurter Gegend, da tranken sie dann auch mal gerne was Einheimisches. Dabei erzählte Fanny ihrem Chef Kowalski, wie es ihr in den letzten Tagen ergangen war und was sie alles raus gefunden hatte. Damit hatte sie ihn auf den neuesten Stand gebracht.

»Wunderbaaa, Fanny. Ich war ja erst etwas skeptisch, was dein Abenteuer als ›Zigeunerjunge‹ anbetraf … ,« schüttelte Kowalski immer noch ungläubig den Kopf, »aber was du da alles raus gefunden hast … !?: echt Klasse, erste Sahne, hast du super gemacht.«

»Danke, Kowalski, es hat mir aber auch viel Spaß gebracht. Aber jetzt gehen wir mal besser schlafen, damit wir morgen für den Vernehmungs-Marathon mit den hessischen Kolleen ausgeschlafen sind.«

»Okie-dokie, gut's Nächtle, Fanny.«

»Tschö … «

Am nächsten Morgen trafen sie sich in der Polizeistation Kelkheim mit den beiden Kripo-Beamten aus Wiesbaden, Hauptkommissar Maximilian Felsenheim und seiner Kollegin Kommissarin Christina Lerche. Er war ein lang aufgeschossener dunkelhaariger Mann um die Fünfzig und seine junge Kollegin eine flotte Blondine mit Pferdeschwanz und einem offenem Lächeln für alle, eher so in den Dreißigern. Nach kurzer Begrüßung wurden sie von Kowalski und Fanny ›gebrieft‹, damit sie über die bisherigen Ermittlungsergebnisse Bescheid wussten. Die beiden Hagener hatten sich das so überlegt, dass jeweils zwei, und zwar je einer aus den beiden Teams, die beiden Traveller einzeln vernehmen sollte: Kowalski und Christina Lerche übernahmen Kenny Gallagher, und Fanny und Maximilian Felsenheim kümmerten sich um Trent Smitty.

Kenny mit seinen Deutschkenntnissen konnten sie auf Deutsch befragen. Da Fanny und Maximilian Felsenheim beide gut Englisch sprachen, übernahmen sie die Befragung von Trent Smitty.

Dagegen konnten sie den eher harmlosen Trunkenbold ›Simpel‹ Simon getrost dem Polizeihauptkommissar Ottmar Oldenburg von der Polizeistation Kelkheim überlassen. Das ist eh sein Revier, und Simons Vergehen das tägliche ›Arbeitsfeld‹ von Oldenburg. Der verdonnerte ihn auch kurz und bündig zu drei Tagen Ausnüchterung bei Wasser und Nahrung, damit er mal was anderes zu trinken bekam als Bier und Whisky.

Den heikelsten Punkt der beiden Befragungsrunden musste sicherlich Fanny durchstehen, als sie auf einmal Trent Smitty im Vernehmungsraum 2 auf der anderen Seite des Tisches gegenüber saß. Der war ziemlich aufgebracht: »Was, Fanny? Du bist eine von den Bullen? Das hätte ich ja nie von dir gedacht … !«

»Jetzt mal halblang, Mr. Smitty,« schaltete sich Felsenheim ein, »bei Ihnen steht unter anderem tätlicher Angriff auf eine Polizeibeamtin auf dem Anklagezettel.«

»Aber ich wusste doch nicht, dass sie ein Cop ist,« entrüstete sich Trent Smitty lautstark.

»Ach, so ist das also bei Ihnen, Mr. Smitty, eine normale Frau – die keine Polizistin ist, die meinen Sie also, zu Zweit verprügeln zu können … !?« unterbrach ihn Felsenheim.

Damit hatte er Smitty erst mal zum Schweigen oder womöglich zum Nachdenken gebracht.

Ansonsten entpuppte sich das Unterfangen, die beiden flüchtigen Traveller zu vernehmen, als eine ihrer leichtesten Übungen. Denn die beiden waren überwiegend geständig. Da ging es dann hauptsächlich darum, die verschiedenen Sachverhalte und Beweggründe aufzuklären.

»Also, Mr. Gallagher, wie war denn das mit Patrick O'Neill in Vreden?« begann Kowalski im Vernehmungsraum 1 mit Kenny Gallagher, »wie kam das, dass er auf einmal tot im Garten der Brambauers lag? Sie waren doch vorher mit ihm zusammen … «

»Das war so,« erinnerte sich Kenny und erzählte freimütig, »wir hatten uns ja wegen der Flamingos das Zwillbrocker Venn bei Vreden angeschaut. Dort erlebten wir eine Gruppe von diesen wilden rosafarbenen Vögeln auf einer

Insel in einem See. Deshalb waren wir schon mal total happy. Wir Iren sind ja große Naturguckerfans. Danach fuhren wir zusammen abends in diese Großraumdisko in Vreden. Die spielten geile Musik aus den 1980er Jahren, wozu wir die halbe Nacht durch getanzt haben. Da gab's natürlich auch jede Menge junger hübscher Frauen. Eine davon hatte es uns Dreien besonders angetan, denn sie erinnerte uns wegen ihrer langen roten Haare und den vielen Sommersprossen an unsere ehemalige Lehrerin, Mary Duncan, daheim in Lifford. Na jedenfalls, diese junge Dame aus Vreden hieß Gerhild Appelhoff. Sie war auch ziemlich aufgeheizt und fand uns auch ganz nett, besonders Paddy und mich. Aber trotzdem wurde es in dieser Nacht nix mit ihr und einem von uns dreien. Dafür kam es zu einem riesigen Streit zwischen Paddy und mir. Wir haben uns ja schon öfters gestritten und geschlagen. Aber dieses Mal war es besonders schlimm mit Paddy und mir. Erst schlugen wir uns wegen Gerhild, dann wegen Mary Duncan die Köpfe ein. Und dann kam auch noch die Sache mit Crystal O'Hara raus, einer anderen gemeinsamen Verflossenen aus Irland: boah, wir waren nicht zu stoppen. Wir prügelten uns sprichwörtlich wie die Kesselflicker. Schließlich war Paddy hinüber. Wir waren natürlich total erschrocken, als er nicht mehr atmete. Inzwischen waren wir ja herumtobend in einer Vorstadtsiedlung von Vreden angelangt. Deshalb legten Trent und ich ihn dort in einen Garten ab und dachten: ›Bloß keinen Ärger jetzt, denn wir waren ja mit nem geklauten Auto unterwegs. Wenn wir Paddy hier schön auf die Wiese im Garten zwischen die Bambuspflanzen betten, dann werden die ordentlichen Deutschen mit ihm sicherlich eine christliche Bestattung machen.‹ Ja, so war das. Und dann sind wir mit dem Nissan abgehauen ... «

»Apropos ›geklautes Auto‹, Mr. Gallagher,« hakte Kowalski nach, »wo habt Ihr den Nissan eigentlich her?«

»Aus Cannock, Nähe Birmingham. Der stand da am Straßenrand, mit Schlüssel drin. Den brauchten wir noch nicht einmal zu knacken.«

»Aber das britische Nummernschild ist doch gar keines aus Cannock ... !?« wusste Kowalski.

»Ja, stimmt, das hatten wir uns von unterwegs aus Wales mitgenommen. Quasi als Reise-Souvenir. Passte irgendwie besser zu dem Nissan und war dann auch für uns unauffälliger ... «

»Schöne Geschichte, das mit den Flamingos, Mr. Gallagher,« meldete sich

Kommissarin Christina Lerche zu Wort, die während eines Teils der Vernehmung auf ihrem Lappy rumgehackt hatte, um an die Telefonnummer von Gerhild Appelhoff zu kommen, »wollen wir doch mal hören, was Frau Appelhoff selber dazu zu sagen hat.« Derweil hatte sie die Nummer in ihr Dienst-Handy eingegeben, wo sich nach einiger Zeit eine verschlafene Stimme ärgerlich meldete: »Appelhoff, wer weckt mich denn schon so früh am Morgen?«

»Morgen, Frau Appelhoff, hier spricht Kommissarin Christina Lerche aus Wiesbaden … «

»Polizei? Wiesbaden? Heh, ist was passiert?«

»Beruhigen Sie sich, Frau Appelhoff. Ich hab nur ein paar Fragen zu ihrer Begegnung mit drei Iren im Sommer 2018.«

»Heh? Drei Iren, im Sommer – vor drei Jahren … ? Ich verstehe nur Bahnhof.«

»Sie waren da tanzen, in einer Großraumdisko in Vreden.«

»Ach ja, jetzt erinnere ich mich, Sommersemesterferien, lange ausschlafen, die halben Nächte durchmachen. Ja, an diese Großraumdisko in Vreden erinnere ich mich leider noch sehr gut, weil das war nämlich die letzte dieser Art hier bei uns … «

»Und da haben Sie diese drei Iren kennengelernt: Patrick ›Paddy‹ O'Neill, Kenny Gallagher und Trent Smitty?«

»Ja, jetzt wo Sie es sagen. Doch, ich erinnere mich an die drei. Besonders an den schwarzhaarigen Lockenkopf, ich glaube, das war der Kenny … Weil mein Onkel, der Manni Appelhoff, der war mal großer Rory Gallagher-Fan. Der hatte den sogar mal mit der Bluesrockgruppe Taste live erlebt … Das war 1970 auf dem Isle of Wight-Festival … Na, jedenfalls hatte der ein tolles Plakat in seinem Zimmer. Ja, was soll ich sagen, und dieser Kenny, der sah dem Rory Gallagher total ähnlich. Und der Kenny, der sprach ja auch deutsch, mit so nem richtig süßen Akzent. Also den mochte ich am liebsten von den dreien … «

»Und haben Sie denn mitbekommen, Frau Appelhoff,« bohrte Christina Lerche am Telefon weiter nach, »dass oder ob die sich wegen Ihnen gestritten haben?«

»Schon möglich. Weil anfangs war es ne ›easy situation‹: labern, tanzen, ein wenig flirten … Aber später war die Stimmung irgendwie schwer angespannt. Die drei gingen dann auch raus, und ich hab sie aus den Augen verloren …

Schade eigentlich, den Kenny, datt lecka Kerlchen, hätte ich vielleicht sogar vernascht, hihihi … «

»Na gut, Frau Appelhoff, das war's erst mal.«

»Halt, ich möchte jetzt aber doch noch gerne wissen, um was es denn eigentlich geht.«

»Ja, klar, Frau Appelhoff. Einer der drei Iren ist in jener Nacht gestorben. Und wir untersuchen den Fall gerade.«

»Ach so, hoffentlich nicht der süße Kenny … «

»Keine Sorge, der sitzt hier lebendig bei uns. Nein, der Tote war Paddy O'Neill, einer der anderen beiden. Wenn wir noch irgendwelche weitere Fragen haben sollten, dann melden wir uns wieder. Schönen Dank für Ihre Auskunft.«

Weiter im Vernehmungsraum 2: dort vernahmen Fanny und Hauptkommissar Felsenheim weiter den Beschuldigten Trent Smitty. Felsenheim begann erst mal mit dem ›Brexit in Hagen‹: »Also, Mr. Smitty, wer von euch hat denn eigentlich im Februar 2019 in Hagen am Steuer des Nissan gesessen?«

»Das war ich, Herr Kommissar,« berichtete Smitty mit stolzer Brust.

»Aha, und warum haben Sie auf der Heinitzstraße, in Richtung Hagener City, nicht angehalten, als ein Polizeiwagen versuchte, Sie zu stoppen?«

»Klare Kiste, die Karre war geklaut, und wir hatten keine Papiere dafür … «

»Und deswegen hatten Sie sich mit der Polizei kreuz und quer durch Hagen ein Rennen geliefert,« unterbrach ihn Felsenheim, »bei dem Sie an der Haßleyer Straße sogar ein Polizeiauto zu Schrott gefahren haben und der andere Streifenwagen bei Ihrer Verfolgung ebenfalls durch einen Unfall gestoppt wurde … ?«

»Ja, sehen Sie, Herr Kommissar, ich bin der beste Fahrer von unserer Traveller-Gruppe. Ich sause ab wie Jim Clark oder Jackie Stewart früher. Das war doch großartig, wie ich die beiden Bullenwannen abgehängt habe, oder … !?«

Felsenheim las in den Akten, dass die Polizei im Nachhinein nicht davon ausging, dass der britische Pick-up frontal auf den zweiten Streifenwagen an der Haßleyer Straße losgefahren war. Denn das hätte als Tötungsversuch gewertet werden können. War aber nicht so. Das musste Felsenheim dem Traveller immerhin zu Gute halten: »Okay, Mr. Smitty, für diese Tat werden Sie trotzdem zur Rechenschaft gezogen werden. Aber was war denn mit den Einbruchswerkzeugen, die wir hinterher im Nissan gefunden haben?«

»Wie jetzt, Einbruchswerkzeuge … !?« entrüstete sich Smitty, »wir Travel-ler sind überwiegend selbständige Handwerker. Wir können alles. Für unser Handwerk, da brauchen wir doch auch Werkzeuge … «

»Nun gut, wollen wir Ihnen das mal glauben,« lenkte Felsenheim ein, »aber wie kam es denn, dass Sie den Nissan an der HMV abgestellt haben und zu Fuß weiter geflüchtet sind … ? Sind Sie doch, oder … ? Und wohin eigent-lich?«

»Puuh, gleich zwei Fragen auf einmal,« antwortete Smitty mit dem Gefühl, sich keiner Schuld bewusst zu sein, »wir flüchteten also über die Bundesstraße im hohen Tempo Richtung Osten. Da wussten wir ja noch nicht, dass wir in diesem Moment gar nicht mehr verfolgt wurden. Nach ein paar Kilometern bogen wir links in die Hammacher Straße ein. Und als wir einige hundert Meter weiter auf der Autobahnbrücke einen guten Überblick hatten, stoppte ich, und wir überlegten kurz, wie es weiter gehen sollte. Dabei sah ich in der Ferne hinten rechts das gelbe Haus. Bei uns in Irland wäre ein gelbes Haus eine Autolackiererei. Das brachte mich auf den genialen Gedanken, den Nis-san am nächsten Tag dort zum Umspritzen hinzubringen, damit er ein wenig unauffälliger wäre. Clever, was?«

Ob dieser vermeintlichen Genialität konnte sich Fanny nur mit Mühe ein prustendes Lachen verkneifen. Deshalb hielt sie besser die rechte Hand vor ihrem Mund und wandte ihr Gesicht ab.

»Ja, und weiter … ?« hakte Felsenheim nach.

»Ja, also in der Nacht konnten wir die Leute in dem gelben Haus ja nicht mehr aus den Federn klingeln. Deshalb beschlossen wir, die Karre erst mal zu verstecken und am nächsten Tag zur Lackiererei zu fahren, nachdem sich alles wieder beruhigt hätte … Da war so eine versteckte Firma rechts vor der Autobahnbrücke. HMV … ? Ja, so könnte sie geheißen haben. Dort auf dem Parkplatz haben wir den Nissan abgestellt und sind dann zu Fuß nach Hohen-limburg geflüchtet. Wir kannten da einen Kumpel in der Ebendstraße, den Brian Johnsen, zu dem sind wir hin.«

»Und am nächsten Tag war die Karre weg, ne, Trent … ?« machte Fanny weiter.

»Joh, leider. Der Brian meinte, wir sollten uns besser bedeckt halten. Da wäre ein ziemlicher Aufruhr wegen unserer nächtlichen Aktion zu gange. Deshalb fuhr er dann vorsichtshalber mal dort mit einem Fahrrad vorbei.

Huiii, und et stimmte, jede Menge Cops und Bullenwannen. Da hat er sich dann unauffällig verdrückt.«

» … und sein blaues Fahrrad gleich da stehen lassen, was … ?« wollte Fanny wissen.

»Ach, der olle Drahtesel, war eh nicht seiner. Den hat er sich von so nem ungarischen Nachbarn geliehen. Der war dann auch noch sauer auf uns … «

»Ja, Mr. Smitty, da kommt ja einiges zusammen, was Sie so ausgefressen haben,« wollte Felsenheim zum Abschluss kommen.

Da wurde er von Smitty unterbrochen: »Ja ja, mag ja sein, Herr Kommissar … Aber kann ich dann jetzt gehen?«

Dieses Mal prustete Fanny laut und vernehmlich über den halben Tisch. Felsenheim jedoch blieb streng: »Nein, Mr. Smitty. Gehen können Sie garantiert nicht. Sie bleiben in U-Haft, bis der Untersuchungsrichter geprüft hat, ob und wie viele der gegen Sie vorgebrachten Anklagepunkte zu einer Gerichtsverhandlung führen werden. Da kommt ja einiges an Delikten zusammen. Und da Sie ja als ›Reisende‹ gelten, besteht bei Ihnen auf jeden Fall Fluchtgefahr. Das kann ich Ihnen jetzt schon mal vorhersagen, da werden Sie wohl in Zukunft einige Zeit in einer Zelle verbringen müssen.«

Zurück vor Vernehmungsraum 1, in dem Kenny Gallagher auf seine weitere Befragung wartete. Kommissarin Christina Lerche diskutierte mit Kowalski, so dass Kenny sie nicht hören konnte: »Hör mal zu, Kowalski, was ich aus den Akten entnommen habe. Der für Vreden zuständige leitende Hauptkommissar aus Bocholt, Hubert Schulte-Ladbeck, hatte vom Gerichtsmediziner erfahren, dass Patrick O'Neill an einem Herzinfarkt gestorben ist, also eher eines natürlichen Todes. Auf keinen Fall an irgendwelchen Schäden, die bei ihm durch die Schlägerei entstanden sind.«

»Das hieße ja, dass es sich um einen Unfall handelte,« grübelte Kowalski, »Unfall mit Todesfolgen. Aber keineswegs vorsätzlich. Wenn überhaupt, dann fahrlässige Tötung … «

»*Vorsatz nach § 15 StGB,*« dozierte Christina Lerche über den Unterschied von Vorsatz und Fahrlässigkeit aus ihrem Wissensschatz, den sie auf der Polizeischule erworben hatte: »*strafbar ist nur vorsätzliches Handeln, wenn nicht das Gesetz fahrlässiges Handeln ausdrücklich mit Strafe bedroht. Ein Beispiel für diese Situation wäre eine fahrlässige bzw. vorsätzliche Tötung. Sollte der*

Täter nicht über einen gewissen Umstand informiert sein, während er die Tat begeht, dann wird dieses Wissen dem Vorsatz nicht angerechnet.

Obwohl sich die Definition von Vorsatz und Fahrlässigkeit um die innere Einstellung des Täters sowie das Wollen und Wissen der Verwirklichung einer Tat dreht, müssen die zwei Begriffe voneinander unterschieden werden.

Dieser Punkt bezieht sich auf die Absicht des Täters. Hat dieser ein Vergehen bewusst, absichtlich und mit einem gewissen Ziel vor Augen begangen, so handelt es sich um Vorsatz laut Strafrecht. Bei einer Fahrlässigkeit wird das Vergehen eher unüberlegt und nicht sorgfältig ausgeübt.« [*]

»Mit anderen Worten: wenn Kenny nichts von Paddys Herzinfarkt-Anfälligkeit gewusst hat, dann ist er raus aus der Nummer,« schlug Kowalski kurz und bündig vor.

»Jaha, Kowalski, so kann man es auch benennen. Gut, fragen wir ihn doch einfach.«

Damit gingen sie zu Kenny Gallagher rein, schalteten das Aufnahmegerät wieder an und Christina Lerche begann dieses Mal: »also, Mr. Gallagher. Nochmal zum Tode von Patrick O'Neill. Wussten Sie, ob er krank war?«

»Nee, der war kerngesund. Ein Kerl wie ein Baum.«

»Er hatte also auch noch nie einen Herzinfarkt gehabt, oder Symptome gezeigt, die darauf hinweisen konnten … ?«

»Nee, von Herzinfarkt weiß ich nix. Und Symptome? Was meinen Sie denn damit?«

»Na, Bluthochdruck zum Beispiel.«

»Ach, so was. Nee, also Tabletten hat der nicht geschluckt. Das hätten wir bestimmt bemerkt. Wir waren ja während unserer Reise durch Irland, Wales, England, Belgien und Holland wochenlang zusammen.«

»Und Sie haben nie was in der Richtung bemerkt?«

»Puuh, also früher spielte der Fußball. Da war er ein ziemlich hitziges Kerlchen. Hat so manche ›rote Karte‹ bekommen, und konnte sich öfters auch tierisch aufregen … Meinen Sie so was?«

»Na ja, das mit dem Fußball ist ja schon länger her. Und so in letzter Zeit?« ließ Kommissarin Lerche nicht locker.

»Tja, gesoffen haben wir ja fast jeden Abend. Da bekam er schon mal ne rote Birne von. Und nen Kater hatten wir dann auch fast immer – am nächsten

---

[*] ›Vorsatz und Fahrlässigkeit‹, in Ecosia.org, 19.11.2020

Morgen. Haben aber keine Tabletten dagegen genommen. Paddys Mutter sagte immer: ›Wer gut feiern kann, der muss auch gut was aushalten können.‹ Nach diesem Motto hatte sich Paddy mit nem Kater im Kopf früher ein einfaches Mittel ausgedacht. Er kniete sich an den Dorfweiher, steckte seinen Kopf ins kalte Wasser, prustete sich danach die Flüssigkeit aus den Kopf-Öffnungen und ging dann zu Fuß dreimal stramm um unsere Kirche … Das half.«

»Okay,« schaltete sich Kowalski ein, »das reicht jetzt. Sie haben also in der Nacht in Vreden nichts davon bemerkt, dass Ihr Freund Paddy einen Herzinfarkt bekommen hat?«

»Herzinfarkt? Boah, daran ist der gestorben? Und ich dachte, ich hätte ihn tot geprügelt … «

»Nun gut, Mr. Gallagher. Die restliche Geschichte mit Ihrer Flucht im Nissan nach Datteln und Ihrem ›Brexit in Hagen‹ mit den demolierten Polizeiwagen hat Ihr Kumpel Trent Smitty den Kollegen schon ausführlich erzählt,« fasste Kommissarin Lerche zusammen, »was war denn danach in Hohenlimburg?«

»Ja, wir sind dann beim Kumpel Brian Johnsen für ne Zeit untergetaucht. Abends waren wir öfters unten in der kleinen City, haben uns ein paar Guinness bei Fikret im Limmeg gezischt. Wir haben ja praktisch immer Durst. Und da gab es schließlich was zu saufen. Und der Fikret war tolerant uns gegenüber. Der scherte sich nicht darum, dass wir Traveller sind. In Irland ist das ja leider anders. Da werden wir ziemlich diskriminiert.«

»Ah ja,« unterbrach ihn Kowalski, »den Fikret vom Limmeg kenne ich persönlich, der hat das sogar schon bestätigt. Aber wie ging's denn dann weiter?«

»Auf die Dauer wurde es uns beim Brian in der Ebendstraße zu eng. Deshalb sind wir weiter gezogen, wir sind ja Reisende. Im Sommer 2019 nach Hessen, dort beim großen Traveller-Treffen in Ginsheim. Später haben uns andere Traveller wieder mit zurück nach Irland genommen. Da waren wir die ersten paar Monate 2020 im Corona-Seuchenjahr, als ich auch die Siobhan in Galway kennen gelernt habe. Über Trent, sie ist ja seine Schwester. Und jetzt im Spätsommer 2020, da sind wir drei, also Trent, Siobhan und ich, hier in Hessen gelandet, dieses Mal in Eppstein. So war das … «

»Und warum, um Himmels Willen seid ihr beiden, der Smitty und Sie, gestern Abend über die Kollegin Fanny hergefallen?« wollte Kommissarin Lerche noch wissen.

»Na ja, die fragte so viel … Und einmal habe ich sie beim Telefonieren belauscht, das klang so merkwürdig. Ich hab's aber eh nicht so richtig verstanden. Deshalb wollten wir beide ja auch eigentlich nur mal mit ihr reden … Und da war die Situation gestern Abend so günstig, als der Jimmy auswärts auf nem Pferdehof arbeitete. Boah, dass das dann so eskalierte, das wollten wir gar nicht … Wir sind doch Frauen gegenüber eher galant und überhaupt nicht gewalttätig. Das gehört nicht zu unserem Traveller-Verständnis … «

»Tja, Mr. Gallagher, das war ja dann gestern Abend ein ziemliches Eigentor, oder … ?« so die Kommissarin Lerche.

Und Kowalski verabschiedete sich mit: »Thanks, Mr. Gallagher, das war's dann fürs Erste.«

»Ja, und was passiert jetzt mit mir?« fragte Kenny Gallagher.

»Sie bleiben in U-Haft,« klärte ihn Kommissarin Christina Lerche auf, »bis auch bei Ihnen der zuständige Untersuchungsrichter geprüft hat, wie viele der gegen Sie vorgebrachten Anklagepunkte zu einer Gerichtsverhandlung führen. Auch bei Ihnen kam ja einiges an Delikten zusammen. Und da sie ja – wie Sie selber sagen – als Reisende gelten, besteht bei Ihnen Fluchtgefahr. Da werden Sie wohl für einige Zeit unsere Gastfreundschaft in einer Zelle genießen dürfen.«

Das Aufnahmegerät wurde gestoppt. Christina Lerche nahm sich den Stick mit den aufgenommenen Daten mit. Kowalski und Fanny verabschiedeten sich von Ottmar Oldenburg aus der Polizeistation Kelkheim. Gemeinsam mit Christina Lerche und Maximilian Felsenheim gingen sie noch zu ihrer Kelkheimer ›Stammkneipe‹, um bei einem Gläschen Äppelwein den gemeinsam gelösten Fall ›Brexit in Westfalen‹ ausklingen zu lassen.

Good-bye ›Zigeunerjunge‹

Kowalski fuhr nach dem Äppelwoi-Hock mit den beiden Wiesbadener Kommissaren seine Kollegin Fanny zum Camp-Ground Eppstein, wo sie sich unbedingt persönlich von Jimmy McCracken und von Siobhan Smitty verabschieden wollte, auch wenn es einen schweren Gang für sie bedeutete.

»Soll ich mitkommen?« fragte Kowalski.

»Ach ja, warum nicht. Aber bleib in Sichtweite etwas zurück. Reden möchte ich alleine mit den beiden. Da muss ich jetzt durch. Hab ich mir schließlich auch selber eingebrockt … «

Sie ging zu McCrackens Wohnmobil. Das war wie ein Déjà-vu, fast genauso wie vor zwei Wochen in Düsseldorf. Sie sah nur den einen Traveller, einen großen blonden Mann, ihren Jimmy McCracken, der auf seinem Campingstuhl vor seinem weißen Caravan saß. Er sah wieder sehr bekümmert aus, wie er da so saß und seine Haare ihm ins Gesicht hingen. Fanny ging einfach zu ihm hin und setzte sich auf den anderen freien Stuhl neben ihn.

»Hi,« versuchte sie es wie damals, »what's going on? Was läuft?«

Er schaute überrascht hoch und fragte: »du bist noch hier?«

»Ja, Jimmy, ich bin es wirklich, deine Fanny. Und das da vorne ist mein Kollege Kowalski,« wobei sie auf den im Schatten an einem Baum lehnenden Danny Kowalski zeigte.

»Dein Cop-Kollege. Du bist also bei den Bullen … !? Das hätte ich nicht von dir gedacht. Nee-nee, eine echte Bullerine … ! Da will ich nix mit zu tun haben. Du kannst gleich wieder verschwinden.« Damit ging er in das Wohnmobil und kam gleich darauf mit Fannys Tasche wieder raus, die er ihr zuwarf: »hier, dein Zeug, deine Wäsche. Hab ich schon alles zusammen gepackt.«

»Aber Jimmy, ich hab dich doch wirklich lieb, trotz allem … «

»Ach, hör doch auf,« erwiderte Jimmy aufgebracht, »meine Kumpels verpfeifen, was … !? So was geht gar nicht … !«

»Jau-jau, deine Kumpels, ja … !? Erst kam der besoffene Simon hier rein, um mich zu betatschen. Und nachdem ich den ausgeschaltet habe, sind die beiden anderen sogar zu zweit hier rein gekommen, um über mich herzufallen. Schöne Kumpels, was … !? Da musste ich mich doch wehren … «

»Wie, die wollten was von dir, als ich nicht da war? Deshalb sah mein Wohnmobil wie nach einem Schlachtgetümmel aus, als ich heute Mittag wieder nach Hause kam,« räumte Jimmy kleinlaut ein.

Kowalski sah aus der Entfernung, wie die beiden wild mit den Armen gestikulierten. Dabei summte er das Ende aus Alexandras Song ›Zigeunerjunge‹ von 1967 vor sich her: » … *Die Wagen so bunt, die Pferdchen so zottig. Es zog mich zurück an den Ort. Tamtamtadadam … Und ich lief heimlich fort. Und ich lief heimlich fort. Dann kam der Abend. Ich fand die Zigeuner nicht mehr. Lalala. Wo sie noch gestern gesungen. Da war alles leer. Lalala. Zigeunerjunge,*

Zigeunerjunge, wo bist du, wo sind eure Wagen? Tamtamtadadam ... Doch es blieb alles leer. Und mein Herz wurde schwer ... «

Für Kowalski war ja nicht Jimmy McCracken der ›Zigeunerjunge‹, sondern seine Kollegin Fanny. Diese war mit ihrem langen Abschied, ihrem ›Good-bye‹ oder ›Arrive derci‹ zugange.

»Ja ja, ne ... ?« redete Fanny mit Jimmy, »dabei hatten wir's hier so gemütlich, bis die Männer kamen, um über mich herzufallen. Das geht doch aber auch gar nicht, oder ... !?«

»Nee, ja, ist ja gut. Aber du bist halt ein Copper.* Und das geht für mich gar nicht. Also hau schon ab ... «

»Okay, Jimmy, wie du willst ... Aber ich werde dich trotzdem immer in meinem Herzen tragen. Ciao-ciao, du Lieber ... «

Damit verließ sie ihn und warf noch mal einen traurigen Blick zurück. Zusammen mit Kowalski ging sie zu Smittys Wohnmobil, wo sie sich von Siobhan verabschieden wollte.

Das klappte schon etwas einfacher. Siobhan schaute Fanny lange an, schüttelte den Kopf und meinte: »Nee-nee, Fanny, das hätte ich nicht von dir gedacht, du bist ne Bullerine ... !? Und meine Leute, den Kenny und Brother Trent, habt ihr auch gleich mitgenommen, nee-nee ... «

»Aber Siobhan, das hab ich doch gar nicht gewollt. Du hast es doch mitbekommen. Ich wollte nur mit den beiden reden. Und dann sind die zwei gestern Abend zu mir in den Van gekommen, als Jimmy arbeiten war ... Und sind über mich her gefallen ... !«

»Was ... !?! So war das ... !?!« schrie Siobhan entrüstet, »dann haben sie's auch nicht anders verdient. Über ne einsame Frau herfallen. Ja, ne, das geht ja überhaupt nicht.«

»Dann geh ich jetzt wohl mal ... Ich wünsche dir viel Glück im Leben, liebe Siobhan. Du bist ne Gute ... «

»Ach, Fanny, wie schade ... ! Ich hab dich so gemocht. Vielleicht kommst du ja mal vorbei, wenn wir wieder ein Traveller-Treffen in deiner Nähe haben. Leb wohl, meine Liebe.«

---

* *US-Cop ist die amerikanische Bezeichnung für Polizist (Abkürzung für ›Constable on Patrol‹). Und ›Copper‹ werden Polizisten bei den Travellers genannt.*

Epilog

Travellers

Als im chinesischen Wuhan ein Sack Reis umkippte, wurde von diesem Windhauch tatsächlich im indischen Kerala ein großer Schmetterling namens Attacus Atlas oder auch Atlasspinner aufgeschreckt. Diese Falter gehören mit einer Flügelspannweite von 25 bis 30 Zentimetern zu den größten bekannten Schmetterlingen der Erde. Umso erstaunlicher, dass sich durch dieses Gewaber von Luftströmen die Tür von Carlos Brambauers Praxis in Vreden öffnete und eine neue Patientin hinein geweht wurde. Es handelte sich um Gerhild Appelhoff, die endlich ihrem ›Iren-Komplex‹ durch Hypnose auf die Spur zu kommen hoffte.

Vielleicht würde ihr dabei sogar ein Gespräch mit Lena Brambauer helfen …? Denn diese ist inzwischen nach einem bravourösem Studienabschluss in Anthropologie die ›Traveller-Beauftragte‹ des Landes NRW geworden. Da wurde sie direkt eine neue Kollegin von Lydia Funkenau aus Neuss, Kowalskis Bekannter aus der Studentenzeit in den 80er Jahre. Lena und Lydia arbeiteten zusammen in derselben Abteilung, wenn auch Lydia weiterhin viel Home-Office machte.

Bei ihren Ortsbesuchen von verschiedenen Traveller-Treffen in Düsseldorf, Neuss und Kevelaer hatte Lena Brambauer übrigens auch Siobhan Smitty und Jimmy McCracken kennen gelernt. Die aufgeschlossene Siobhan sogar etwas näher, die ihr berichtete, was ihr 2020 im hessischen Kelkheim zugestoßen war: »ich war damals in einer Liebesbeziehung mit Kenny Gallagher. Wir wohnten zusammen mit meinem Bruder Trent in dessen Wohnmobil. Doch die beiden wurden wegen früherer Delikte gesucht und auf dem Campground in Kelkheim aufgestöbert und verhaftet. Sie mussten beide für einige Jahre in den Knast. Da stand ich nun alleine mit Trent's Wohnmobil, das eh zur Hälfte noch der Bank of Ireland gehörte. Genauso wie es für Roma-Frauen in Rumänien unmöglich ist, finanziell unabhängig zu werden, genauso ging es mir. In dieser von Männern geprägten Welt der Traveller, da konnte ich die Raten fürs Wohnmobil nicht abbezahlen und die Stellplatzgebühren bei Vaddern Brehmer, dem Camping-Platzwart in Eppstein, genauso wenig aufbringen. Von welchem Geld? Was blieb mir anders übrig? Jimmy McCracken war doch ein netter Kerl, der traurig war, weil er gerade seine Freundin verloren hatte. Den hatte ich getröstet und er mich, denn mein Lover ging für Jahre ins Gefängnis. Nun ja, so wurden Jimmy und ich ein neues Paar und wohnen seitdem in seinem Wohnmobil zusammen. Wir kamen ja beide aus Galway: ›Gal‹ zu ›Gal‹, that's our way …

… aber dieses Jahr sind wir von Irland aus mit der Fähre direkt nach Frankreich übergesetzt, danach über Belgien und die Niederlande nach Deutschland. Dieses Mal nicht über Britain: man weiß es ja nie … !? Denn wir Iren gehören zu Europa, die Briten aber nicht mehr. Und in Kelkheim waren wir seitdem auch nicht mehr, denn Vadder Brehmer musste mit seinem Camping-Platz in Eppstein Insolvenz anmelden. Das Corona-Jahr 2020 hatte viele Existenzen zerstört … «

Apropos Briten: was wurde eigentlich aus den Cannockern … ? Cindy und Lee Creedance haben ihren Wohnwagen wieder verkauft, nachdem ihnen der Nissan als Zugmaschine gestohlen wurde. Dagegen konnte Chief Inspector Larry Hunter überhaupt nichts machen. Die Kunden vom ›Royal Oak« und vom ›Swan« blieben ihren englischen Pubs treu, sofern diese nach der Corona-Pandemie wieder öffnen durften. Bis auf Will, der jetzt nur noch Wilcox genannt werden möchte. Der hatte es nämlich zu was gebracht: er wurde sogar mal Bürgermeister-Kandidat für Cannock.

Dass der Camping-Platz in Eppstein Insolvenz anmelden musste, das störte allerdings Polizeihauptkommissar Ottmar Oldenburg von der Polizeistation Kelkheim am wenigsten. Denn seit die Traveller nicht mehr auf den Camping-Platz kommen, hat er es in der Sommerzeit eher ruhig, fast wie Urlaub im Taunus.

Ach ja, im Taunus, dort hat sich übrigens auch die junge Kommissarin Christina Lerche aus Wiesbaden vom Kripo-Bezirk Westhessen angesiedelt. Sie konnte sich von einer Erbschaft ein günstiges kleines Anwesen mit Pferdeställen für drei Pferde anschaffen. So hat sie jetzt zu ihrem anstrengenden Dienst in ihrer Freizeit immer einen prima Ausgleich mit ihren Tieren. Hauptkommissar Maximilian Felsenheim wohnte eh schon mit seiner jungen Familie im Taunus. Er war frisch verheiratet, und seine Frau hatte ihnen beiden ein Töchterchen geschenkt.

In der Dattelner Polizeidienststelle sind die Tage für Theo Gempel bis zu seinem Renteneintritt gezählt. Dafür ist der stadtbekannte Dattelner Schläger Jossi Bärlauch inzwischen gestorben, wogegen sich Walter Zoppich zurück gezogen hat und ganz seiner Aal-Räucherei widmet.

Haha, das ›gelbe Haus‹ von Hagen-Berchum bleibt weiter gelb. Das beobachten Gerd ›Bobesch‹ Mattes bei seinen Fahrten nach Garenfeld und Thomas Lübecker bei den fast täglichen Touren zwischen dem FunOut in Hohenlimburg und Berchum. Jedoch hat der Besitzer des ›gelben Hauses‹ die großen Gusseisen-Ziffern der ›17‹ von seinem Hausnummer-Schild mit schwarzer Farbe neu lackiert. Aber sonst sieht es dort nicht nach Lackiererei aus. Das sollte mal jemand dem Traveller Trent Smitty berichten …

Der andere Traveller aus Hohenlimburg, Brian Johnsen, blieb dann doch in der Ebendstraße wohnen und lernte dort Katinka kennen, die Schwester des Ungarn Janosz. Die beiden heirateten und veranstalteten ihre Hochzeitsfeier bei Fikret im Limmeg, sobald dieses nach dem zweiten Lockdown wieder geöffnet hatte. Fikret musste ja wegen des Corona-bedingten Weihnachts-Lockdowns 2020 ungefähr 1.000 Gästen ihre gebuchten Weihnachtsfeiern absagen. Aber er klagte deswegen nicht und machte weiter, immer weiter: »Da müssen wir jetzt halt durch … « Und zur irisch-ungarischen Hochzeitsfeier bekam Brian von seinem ungarischen Nachbarn stilecht das blaue Fahrrad geschenkt, das er sich danach nicht mehr zu ›borgen‹ brauchte. Es klang laut und lustig, als Brian nach der Feier seine Katinka auf die Fahrradstange setzte und sie hoch zur Ebendstraße radelten. Dafür sorgte polternd der hinten am Rad angebundene Schwanz aus leeren Blechbüchsen.

Dagegen hatte es Paddy O'Neill, der tote Traveller aus Vreden, im Himmel erheblich ruhiger. Dort traf er auch auf seine ehemalige Lehrerin aus Lifford, Mary Duncan, die ihn flugs wieder unterrichtete. Nachmittags in seiner ›Freizeit‹ spielte er auf einer Nebenwolke Fußball in einer Altherrenmannschaft. Dort hatte er das Glück, bei den frisch Verschiedenen mitspielen zu dürfen. Drei große Fußballer waren 2020 zur Eintracht Himmelreich gestoßen: der argentinische Weltmeister von 1986, Diego Maradona, mit nur 60 Jahren; die sauerländische Antwort auf Berti Vogts, Hannes Engelmann, mit 62 Jahren; und jüngst kam noch Paolo Rossi von Juventus Turin dazu, 1992 Torschützenkönig und Weltmeister mit Italien, auch erst 64 Jahre …

Politik ... und was aus dem Brexit in England wurde

Es sah am 12.12.2020 absolut nicht gut mit dem Brexit-Handelspakt aus, denn die Frist für einen Durchbruch bei den Gesprächen lief am 13.12.2020 aus, weil sich beide Seiten unnachgiebig zeigten.

Ja ja, ausgerechnet an der Fischerei, da würde es scheitern. Obwohl dieser Wirtschaftsteil nur einen verschwindend geringen Prozentsatz des gesamten Handelsvolumens zwischen GB und der EU ausmachte, hatten sich die Briten auf das brisante Thema der Fischerei eingeschossen. Ende 2020 riet die ziemlich ratlose britische Politik ihren Lebensmittel-Großhändlern und –Märkten, sich einen Vorrat an Salat und Frisch-Gemüse für sechs Wochen anzulegen. Denn mit einem harten Brexit ab dem 01.01.2021 würden Versorgungs-Engpässe für die britische Bevölkerung im Bereich Lebensmittel und auch Kraftfahrzeug-Treibstoff erwartet. Ungefähr 90 % der verbrauchten Waren an Obst, Gemüse und Salat der Briten kam aus der EU. Nach dieser ›Not-Bevorratung‹ würden diese frischen Lebensmittel durch die Zölle zwischen EU und GB sehr viel teurer sein. Außerdem würden an den Grenzen durch die neuen Zölle lange Lastwagen-Schlangen in beide Richtungen erwartet. Das zeigte sich schon im Dezember 2020, als die Briten ihre Vorräte aufstockten. Das führte zu LKW-Staus an den Fährhäfen wie z.B. Dover in der Grafschaft Kent. »Britische Medien warnten bereits, der ›Garten Englands‹, wie die südostenglische Grafschaft Kent oft bezeichnet wird, könnte künftig zur ›Toilette Englands‹ werden, wenn Tausende Lastwagenfahrer am Straßenrand ihre Notdurft verrichten.«[*]

Ende Dezember traf es dann GB knüppelhart. Als wären Brexit und Corona-Pandemie nicht alleine schon schlimm genug, da breitete sich plötzlich eine Corona-Mutation im südöstlichen England um London aus. Diese Virus-Mutation sei nach Angaben der britischen Behörden bis zu 70 % ansteckender als die bisher bekannte Form. Das Ergebnis: plötzlich machten die EU-Nachbarstaaten Niederlande, Belgien, Deutschland, Frankreich und Irland dicht. Selbst die Schotten schlossen gegenüber den Engländern ihre Grenzen, sie machten sozusagen die ›Schotten dicht‹.

Da konnten die bedauernswerten Briten schon einmal üben, für die Zeit ab dem 01.01.2021, wenn der ›harte Brexit‹ Wirklichkeit geworden ist. Dieser konnte nicht mehr abgewendet werden, weil die unfähige britische Regierung

---

[*]   dpa – ›Wird Kent zur Toilette Englands?‹, gmx.net, 14.12.2020

es nicht schaffte, die Verhandlungen mit der EU zu einem Ergebnis führen zu lassen. Die Realität mussten die Briten somit am eigenen Leib erleben: Lebensmittel, besonders Frischgemüse und Salat, sowie Benzin für ihre Autos wurden knapper und viel teurer. Und vor den britischen Hafenstädten stauten sich die LKWs kilometerlang, weil weder Straßen noch Tunnel oder Fähren nach Festland-Europa zu befahren waren.

»Es ist vollbracht: Kurz vor Torschluss haben sich die EU und Großbritannien doch noch auf ein Handelsabkommen geeinigt. Ein harter Brexit ist damit wahrscheinlich vom Tisch. Das britische Parlament soll am 30. Dezember über den Deal abstimmen. Das EU-Parlament kann den Handelspakt nicht mehr rechtzeitig vor dem 1. Januar ratifizieren.

Nach monatelangen Verhandlungen über einen Brexit-Handelspakt ist der Europäischen Union und Großbritannien eine Einigung gelungen. Dies bestätigten beide Seiten am Donnerstagnachmittag. EU-Kommissionschefin Ursula von der Leyen und Unterhändler Michel Barnier kündigten eine Pressekonferenz an. Mit der Einigung scheint ein harter wirtschaftlicher Bruch zum Jahreswechsel abgewendet.

Das Handelsabkommen soll die wirtschaftlichen Beziehungen zwischen der Insel und dem Kontinent ab Januar 2021 regeln. Wichtigster Punkt ist, Zölle zu vermeiden und möglichst reibungslosen Handel zu sichern.

Der Vertrag umfasst aber auch den Fischfang sowie die Zusammenarbeit bei Energie, Transport, Justiz, Polizei und vielen anderen Themen. ›Es hat gedauert, aber nun haben wir ein Abkommen‹, sagte EU-Kommissionschefin von der Leyen. ›Es war ein langer und steiniger Weg. Aber das Ergebnis ist gut.‹ Das Abkommen sei fair und ausgewogen. ›Und es war ein Gebot der Vernunft für beide Seiten‹, fügte von der Leyen hinzu. Die EU habe sich in einer sehr guten Verhandlungsposition befunden und ihre Interessen voll gewahrt. Nun könne die Gemeinschaft den Brexit endlich hinter sich lassen. In London äußerte sich Premierminister Johnson ähnlich. ›Ich glaube, das ist ein guter Deal für ganz Europa‹, sagte er. Und er fügte hinzu: ›Wir werden euer Freund sein, euer Partner, euer Unterstützer, und nicht zu vergessen, euer Nummer-Eins-Markt.‹ Aus Sicht seiner Regierung ist mit dem Abkommen alles erreicht, was die britische Öffentlichkeit mit dem Brexit-Referendum von 2016 wollte.« [*]

Sie schafften also kurz vor dem Jahresende 2020 doch noch den Turnaround.

---

[*]   *jwo/dpa, 24.12.2020*

Was niemand noch für möglich gehalten hatte, geschah überraschend in einer beispiellosen Hauruck-Aktion: GB und die EU einigten sich doch noch auf einen Brexit mit Deal. Nachdem die Hardliner im britischen Unterhaus jahrelang in jeder Abstimmung: »No deal, no deal ... !!« schrien, ging es auf einmal Hopplahopp. »Der sogenannte Post-Brexit-Deal zwischen der Europäischen Union und dem Vereinigten Königreich kam kurz vor Toresschluss ... Ausgetreten war Großbritannien schließlich schon Ende Januar 2020, seitdem liefen die Verhandlungen. Zum 1. Januar 2021 soll jetzt der ›Deal‹ in Kraft treten, dessen Ausbleiben so lange als mögliches Schreckensszenario im Raum stand. Der ›Worst Case‹ konnte damit verhindert werden.«*

Damit konnte tatsächlich kurz vor Toresschluss ein harter Brexit vermieden werden. Allerdings sollten wir uns nichts vormachen: das, was Boris Johnson seinen Briten als Erfolg verkündete, wird die Bewohner auf den britischen Inseln noch lange und hart treffen. Sie können in der Zukunft wegen der anfallenden Zölle nur noch überwiegend teurere Waren aus der EU kaufen. Zudem wird der gesamte Handelsverkehr umständlicher und langatmiger, da viele neue Zollformulare und bürokratische Hürden überwunden werden müssen. Das zeigt das Beispiel des Geschäftes von Ian Perkes aus der Kleinstadt Brixham an der englischen Südküste, das »praktisch über Nacht zum Erliegen gekommen ist. Der Fischer hat seit Beginn 2021 noch keinen Fisch über den Ärmelkanal geliefert. Der Grund ist der Brexit, für den er 2016 selbst gestimmt hat. Seit dem 1. Januar sitzt Perkes in der Bürokratiefalle. Er muss einen Wust von Exportformularen ausfüllen, hinzu kommen lange Verzögerungen wegen Staus an der Grenze. All das kostet Zeit und Geld. ›Ich glaube, ich und viele andere haben einen Fehler gemacht‹, sagt er heute über sein Brexit-Votum.

Wenige Wochen, nachdem die britischen EU-Gegner ihre lang ersehnte Unabhängigkeit erreicht haben, herrscht Katerstimmung. Der Brexit kommt für viele Branchen wie ein Schock. Sie müssen eine Vielzahl von Papieren ausfüllen und Genehmigungen einholen. Vor dem EU-Austritt, als Großbritannien noch Mitglied im europäischen Binnenmarkt war, fiel dies alles weg. Johnsons Versprechen haben sich nicht bewahrheitet. In manchen Supermärkten sind die Regale leer gefegt. Spediteure scheuen davor zurück, frisches Obst oder Gemüse aus EU-Ländern nach Großbritannien zu bringen. Sie haben Angst, dass sie durch stundenlange Kontrollen und Zollformalitäten an der Grenze

---

* *Sebastian Besau, in Westfälischer Rundschau Hagen, 30.12.2020*

wertvolle Zeit verlieren. Britisches Lammfleisch findet so keine kontinental-europäischen Abnehmer.«[*]

»Tja, liebe Briten, all das wurde euch vorher gesagt. Ihr wolltet es nicht glauben. Jetzt habt ihr den herbei gesehnten Brexit,« konnte Danny Kowalski mit den Briten eigentlich nur noch Mitleid haben. Aber nach einem Monat Brexit-Realität sah es wirklich düster aus in England. Dazu kam auch noch die gefährliche Corona-Mutation, die jede Wirtschaft in die Knie zwingen würde. Corona und Brexit, eine ganz gefährliche hoch-explosive Mixtur … !?

»Britannien wird wohl bald nicht mehr ›Great‹ sein,« mutmaßt Kowalski, »die Schotten scharren schon mit den Füßen, um selbständig zu werden und damit wieder in die EU zurück zu können. Die Nordiren wollen sich am liebsten mit der Republik Irland vereinen. Und selbst in Wales, lange Zeit der treueste Vasall Britanniens, vermehren sich die Stimmen nach einer Abspaltung von England täglich.«

Sport … und was aus der EM 2021 wurde

In der Hagener Kripo fand ein Generationswechsel statt. Für Danny Kowalski könnte es der letzte Fall gewesen sein: je nachdem, wann der nächste Fall in den Keller des Dez. Z gelangen sollte … ? Nun denn, Ehefrau Moni und ihr gemeinsames Kätzchen Lilli warteten zu Hause auf ihn. Und Fanny Bevenbreucker, tja, die würde dann die Leiterin des berühmt-berüchtigten Dez. Z, dem Keller-Kommissariat für unaufgeklärte Fälle, zunächst mal alleine, später mit einem neuen Kollegen. Und der ›Jahrhundert‹-Chefe Bandura war endlich in Rente gegangen, schob jetzt eine ruhige Kugel und widmete sich hauptsächlich dem Boule-Spiel. Er durfte in der Boulegruppe Fichte von Kowalskis Freund Florian mitspielen, die sich regelmäßig am Fichte-Sportplatz Hagen unterhalb des Struckenbergs trafen. Zwischen zwei Boule-Partien telefonierte Bandura aber immer noch mal gerne mit Kowalski, um mit ihm über Fußball zu plaudern: »was denn wohl aus der EM 2021 in England wurde?« Oder sie diskutierten über die Auf und Abs ihrer beiden Lieblings-Klubs BvB und 1.FC Köln.

»Ja, Chefe,« grinste Kowalski, »du als BvB-Fan hast es ja schmerzlich mitbe-

---

[*]   *Peter Stäuber, in westf. Rundschau Hagen, 28.01.2021*

kommen, als Ende November 2020 die Kölner einen überraschenden 1:2-Auswärtssieg beim BvB landeten. Da war ich ja als Köln-Fan vor Überraschung total geplättet. Noch vor dem Spiel schrieb ich einer Ex-Kollegin und BvB-Fan: ›beim BvB, da läuft‹s wie geschmiert. Und meine Kölner sind genau da, wo ich sie vor der Saison getippt habe: zusammen mit Schalke 04 auf einem Abstiegsplatz. Aber die Kölner sind ja diese Saison auch so watt von grottenschlecht … !? Ihre einzige Chance in Dortmund ist der sogenannte ›Heimnachteil‹. Am letzten Spieltag gab es sage und schreibe 5 Auswärtssiege, 4 Unentschieden, keinen Heimsieg. Aber selbst dafür sind die Kölner wahrscheinlich zu schwach … › Joh, datt dachte ich vor dem Spiel.«

»Aber wie man sich täuschen konnte … !?!« polterte Bandura dazwischen, »also wegen diesem Heimnachteil hat Köln wohl in Dortmund gewonnen, oder … !? Aber Achtung, Kölle, nach jedem Auswärtsspiel gibt es wieder ein Heimspiel, haha … «

Und tatsächlich, das nächste Spiel ›Köln – Leverkusen‹ im Dezember 2020, auch noch ein Lokal-Derby, wurde von den ›Geißböcken‹ zu Hause mit 0:4 klar verloren. Die BULI erfuhr ja zu Corona-Zeiten das interessante Phänomen des ›Heimnachteils‹. Es häuften sich die Spieltage ohne Heimsiege. An jenem Spieltag gab es fünf Auswärtssiege und drei Remis, denen nur ein einziger Heimsieg entgegen stand.

»Ja,« meinte Kowalski, »wie du schon sagtest: Heimnachteil! Ich sach nur, der überraschende Rheinderbysieg der Geißböcke im Februar 2021 mit 1:2 bei Borussia Mönchengladbach.«

»Tja, mit deinem FC Köln erlebst du im Moment ja eine Berg-und-Tal-Fahrt,« hakte Bandura ein, »ich denke, dass der BULI-Sieg gegen Gladbach viel mehr wiegt, als vor ner halben Woche im Elfer-Schießen gegen einen Zweitligisten im Pokal ausgeschieden zu sein. Mein Gott, das ist auch anderen Teams schon passiert. Aber die starken Fohlen zu besiegen, war eine Überraschung. Hast du das etwa auch getippt?«

»Natürlich habe ich das nicht getippt,« versicherte Kowalski ehrlich, »das war schon immer ne klare Tipp-Bank auf die Gladbacher – normal eh schon, und nach den beiden so unterschiedlichen Gefühlslagen nach den Pokalspielen am Mittwoch sowieso, als die Gladbacher verdient in Stuttgart gewannen, und Kölle nach 11 m-Schießen in Regensburg ausschied.«

»Einen habe ich noch, Kowalski,« brachte Bandura noch den Dortmunder

Ex-Weltmeister Mario Breitkreuz ins Spiel, »ja, mit dem großen Fußball hat der Mario mit dem breiten Kreuz in Krefeld-Uerdingen schon lange nix mehr zu tun gehabt. Nun denn, als kleines Trösterli bekam er von seinem letzten Arbeitgeber KFC Uerdingen per Gerichtsurteil allerdings eine Abfindung von 450.000,-- € zugesprochen. Uuuiiijjj, da muss eine alte Frau lange für stricken … ! Danach hatte Mario dann aber auch schnell seine Profi-Fußballer-karriere beendet und heuerte als Amateur an beim Dortmunder Sechstligisten TuS Bövinghausen, Tabellenführer der Westfalenliga 2. Ich sach nur: ›back to the roots.‹ Und tschö.«

Ansonsten fragte sich Danny Kowalski außerdem: »wie sollte es nur mit uns ehemaligen Totti-Tippern weiter gehen? Er hatte ja mit dem roten Bobby einen neuen kleinen Wanderpokal in Petto. Und für den Sommer wären er und Werner auch zu einem EM-Tippspiel bereit. Tippkollege Werner hatte noch Anfang des Jahres 2021 die Einschätzung, dass die EM im Sommer nicht stattfinden wird. »Na, schaun wa ma … !?« dachte sich Kowalski. Er freute sich genauso wie Werner Sperling, Ella Tieffrau, Fikret Caglayan, Gerd ›Bobesch‹ Mattes und Thomas Lübecker darauf, dass das Fitness-Center FunOut in Hohenlimburg bald nach dem Lockdown erneut geöffnet würde, um trainieren zu können. HK würde dann auch mit seiner Lebensgefährtin nach Spanien reisen können. Und Conny freute sich auf die Wiedereröffnung ihres Kaffee im Quadrat.

Na, jedenfalls zweifelte mittlerweile sogar schon der Präsident des Schweizerischen Fußballverbandes SFV, Dominique Blanc, an der EM in zwölf verschiedenen Ländern: »In Anbetracht der gesundheitlichen Situation glaube ich persönlich, dass die ursprüngliche Version mit einem europaweiten Wettbewerb angesichts der Reisebeschränkungen kaum das Licht der Welt erblicken wird … Dennoch ist sich der Funktionär sicher, dass das Turnier in diesem Sommer stattfinden wird. Sollte es nicht wie geplant in zwölf Ländern möglich sein, fasse die UEFA laut Blanc bereits zwei Alternativszenarien ins Auge. ›Die erste Variante wäre, die EM in einem einzigen Land zu spielen, in Russland oder Deutschland zum Beispiel,‹ sagte Blanc. ›Die zweite, noch restriktivere Lösung wäre, auf eine einzige große Stadt zurückzugreifen, die über genügend Stadien verfügt, um alle sechs Gruppen unterzubringen.‹ Als Beispiel nannte er London.«[*]

***

[*]   sid – ›Verbandsboss zweifelt an EM in zwölf Ländern, in westf. Rundschau Hagen, 13.01.2021

Ja ja, das was sich Ex-UEFA-Präsident Platini so super toll ausgedacht hat, eine pan-europäische Fußball-EM durchzuführen, das hatte in ›normalen‹ Zeiten einen gewissen Reiz des ›Alle-kommen-Zusammengehörigkeits-Gefühl‹ gehabt. Aber jetzt in Corona-Pandemiezeiten bedeutete das ein völlig unangemessenes Unterfangen. Niemand konnte sich das noch vorstellen.

Na, zumindest könnte ja das EM-Endspiel immer noch – wie bisher geplant – im Londoner Wembley-Stadion stattfinden. Deshalb ja auch der Name ›Bobby‹ für den EM-Pokal. Aber mittlerweile ist »der Traum von einer pan-europäischen Fußball-EM in zwölf Ländern offenbar endgültig geplatzt. Die Europäische Fußball-Union (UEFA) prüft fieberhaft alternative Szenarien, angeblich sogar eine Endrunde in Nordrhein-Westfalen – sofern es die Pandemie erlaubt. Quellen aus dem direkten Umfeld von UEFA und Deutschem Fußball-Bund (DFB) besagten, ›dass keines der Planungsszenarien für die EM mehr von einer Austragung in zwölf Ländern ausgeht‹. Die UEFA will am 5. März eine Entscheidung darüber bekannt geben, wie sie mit dem vom Sommer 2020 in dieses Jahr verlegten Turnier (11. Juni bis 11. Juli 2021) verfahren wird.«[*]

Die Corona-Pandemie brachte viel Leid über die Erde. Aber sie hatte auch einen Vorteil, nämlich für die Umwelt: durch den umfassenden Reiseverzicht betrug zum Beispiel der Flugverkehr über NRW nur ein Drittel des sonstigen Flugaufkommens. Es gab so wenig Flüge wie seit 1989 nicht mehr …

… wenn es nicht so traurig wäre: Corona half den Umweltzielen der Bundesregierung, die durch den Klimawandel in weite Ferne gerückt waren. »Als Folge der Corona-Krise hat Deutschland Experten zufolge das Klimaschutz-Ziel für das Jahr 2020 übertroffen. Der Treibhausgas-Ausstoß habe im vergangenen Jahr 42,3 Prozent unter dem Wert von 1990 gelegen … Als Folge der Pandemie ist der Energieverbrauch deutlich gesunken.«[**]

Auch der Verkauf von Silvester-Böllern von 2020 auf 2021 wurde – um nicht unnötige Menschenansammlungen zu provozieren – corona-bedingt verboten. Sonst war in den letzten Jahren für Danny Kowalski und Moni jede Silvesternacht mit ihrer verschreckten Katze Lilli immer ›Stress hoch Drei‹, wie bei allen Menschen mit Haustieren, seien es Hunde oder Katzen. Doch dieses Mal 2020/21 sollte alles anders sein. Katze Lilli saß sogar in der Silvesternacht

---

[*]   *RTL/ntv 21.01.2021*
[**] *dpa – ›Deutschland übertrifft 2020-Klimaziel‹, in westf. Rundschau Hagen 05.01.2021*

noch um 22.30 Uhr draußen und erfreute sich ihres Lebens. Allerdings gab es dann doch noch einiges an Silvester-Böllerei, so dass Lilli sich von 23.45 Uhr bis 01.00 Uhr nachts in ihren privaten ›Luftschutzkeller‹ zurückzog, also unten im Keller hinter der Waschmaschine. Allerdings war es bei Weitem nicht so laut und lange mit der unseligen Silvesterböllerei wie sonst. Da es in dieser Nacht relativ cool und stressfrei blieb, freute sich auch die Umwelt erneut. Denn normalerweise wurde in den letzten Jahren in einer einzigen Silvesternacht soviel Feinstaub sinnlos in die Luft verpulvert wie sonst durch den Kfz-Verkehr in einem ganzen Monat.

Literaturverzeichnis

AZ/dpa, aus: Augsburger Allgemeine 13.08.2017

Besau, Sebastian, Westfälische Rundschau Hagen, 30.12.2020

Bremshey, Volker, Westfalenpost Hagen, 20.09.2017

DER WESTEN (mto) vom 08.08.2017

dpa, gmx.net, 14.12.2020 – ›Wird Kent zur Toilette Englands?‹

dpa/Tomasz Gzell, 05.09.2016 – Theresa May über Brexit

dpa – ›Deutschland übertrifft 2020-Klimaziel‹, in Westf. Rundschau Hagen 05.01.2021

Ecosia.org, 19.11.2020 – ›Vorsatz und Fahrlässigkeit‹

fs – ›BvB-Kapitän spendet 500.000 €‹, in Westf. Rundschau Hagen, 28.03.2020

Illner, Marie, in gmx.net vom 12.12.2020

jwo/dpa, 24.12.2020

Klages, Robert – Hessen, Irische Landfahrer hinterlassen Chaos, Dpa, 17.08.2016

Koch, Michael, Westfalenpost Hagen, 22.02.2019

Koch, Michael – Ist Pick-up Fluchtauto von Einbrechern?, in WR Hagen 23.02.20219

Pawlitzki, Helene – ›Irish Travellers im Rheinland – das ist die Bilanz‹, in: RP-Online, 10.08.2017

Polizeibericht zu ›Verfolgungsfahrt mit Pickup – Streifenwagen gerammt‹, ots 19.02.2019

Das Nissan-Foto in meiner Collage stammte ursprünglich von der Polizei Hagen, wurde aber von mir verfälscht und anonymisiert. Quelle: www.wp.de/staedte/hagen/verfolgungsjagd-in-hagen-pick-up-rammt-polizeiauto-id216474751

Redaktion TACH, 19.02.2019

rp-Online – ›Irische Zigeuner fallen über Neuss her‹, 08.08.2017

RTL/ntv 21.01.2021

Schloßer, Manfred – Das Ekel von Horstel, Norderstedt 2017

Schloßer, Manfred – Es geht eine Leiche auf Reisen, Norderstedt 2018

Schulze-Marmeling, Dietrich – George Best, der ungezähmte Fußballer, Göttingen 2015, S. 107 im Kapitel ›Der George Best der Bluesgitarre‹
Schwarzer, Alice, Westfälische Rundschau Hagen, 12.11.2020
sid – ›Verbandsboss zweifelt an EM in zwölf Ländern, in Westfälische Rundschau Hagen, 13.01.2021
Stadtanzeiger – Lokalkompass aus Hagen, 19.02.2019, 09:26 Uhr
Stäuber, Peter, Westfälische Rundschau Hagen, 28.01.2021
Vater, Klaus – Tinker im Rheinland: ›Invasoren‹, ›Okkupanten‹ und sommerlicher Rassismus, in CARTA vom 20.08.2017
Wader, Hannes – Der Tankerkönig, 1972
Westfalenpost Hagen, 22.02.2019
Westfälische Rundschau, 11.04.2017 – Polizeihund ›Dark‹ erschnüffelte Einbrecher in Versteck
Westfälische Rundschau, 21.12.2019 – Brexit-Durchbruch für Johnson
Wikipedia, 13. August 2020 – Tinkerpferde
Wikipedia, 18. August 2020 – Pavee in Deutschland
Wikipedia, 09.09.2020

Danke an alle

Ich möchte mich bei den vielen Menschen bedanken, die tat- und ratkräftig dabei mitgeholfen haben, diesen Roman fertig zu stellen:

- besonders meiner lieben Frau Petra. Sie gibt mir nicht nur den Freiraum, mich kreativ in meinen Romanen auszuleben, sondern unterstützt mich auch beim Diskutieren des Manuskripts. Dabei ist sie mir eine große Hilfe in Fragen der Grammatik, des Stils und der Logik. Sie hat mit dazu beigetragen, dass mein Schreibstil in den letzten Jahren eine positive Fortentwicklung bekommen hat.
- unserer Katze Lilli, unsere ›Fellnase‹ gibt uns mit vielem Schnurren und flauschigen Streicheleinheiten innere Ruhe und Behaglichkeit.
- meiner Schwester Rosemarie Schloßer, neben mir die letzte aus unserer Familie: sie ist immer für mich da.
- meinem Freund Harry und Irland-Vielreisenden, der sich in Donegal auskennt, für die lokalen Infos über Topografie und ›Traveller‹.
- meinen Sportkollegen aus dem Injoy Hohenlimburg Ulla, Thomas L., Fikret C., Bernd S., Martin G. und HK, die mir die sportliche Bewegung dort im Fitness-Center angenehmer gestalteten.
- Conny Trampenau, dass zwei Szenen dieses Romans in ihrem Kaffee im Quadrat auf Emst in Hagen stattfinden konnten.
- Fikret Caglayan für den türkischen Tee im Café in Hohenlimburg und den erfrischenden alkoholfreien Radler im Sommer, als er sich in seinem Restaurant ›Limmeg‹ mit Kommissar Kowalski getroffen hat und ihm Rede und Antwort zu den Travellern gab.
- Lydia Funkenau, ehemalige Kommilitonin von Danny Kowalski, die ihm und Fanny einen Kaffee bei ihrem Besuch in Neuss zu trinken ausschenkte.
- meinem Freund Carlos Brambauer, der mir die Münsterländer Namenskunde näher brachte, und seiner Tochter Lena Brambauer, die Carlos und Danny Kowalski mit kosheren Plätzchen überraschte.
- meinem alten Schulkameraden Pitter O. aus der ›Runkel-Taiga‹ für seine unermüdlichen und fundierten Kommentare zur jeweiligen aktuellen Fußball-Situation.

- Frank Bauermann, Fotograf aus Hagen-Haspe, der mir seine beiden Polizeiwagen-Fotos für zwei Collagen im Roman und für meine Titelcollage zur Verfügung stellte, als Beispielfotos für demolierte Streifenwagen (von seiner Homepage www.NRWspot.de).
- außerdem auch bei Frau Melanie Engel, mit der ich zum zwölften Mal zusammen einen Roman bei meinem Verlag Books on Demand veröffentliche. Sie wirkt mit bei der Herstellung & Autorenservices, Team Buchdesign & Lektorat, und ohne ihre engagierte Mitarbeit wäre mein vierzehnter Roman optisch nie so schön gestaltet worden.

Allen Teilnehmern/Innen an den inzwischen zwanzig Lesungen, die ich in den letzten dreizehn Jahren gehalten habe, und natürlich auch allen Leser/Innen und Käufer/Innen meiner ersten dreizehn Romane ›Straßnroibas‹, ›Spätzünder, Spaßvögel & Sportskanonen‹ , ›Keine Leiche, keine Kohle … ‹, ›Der Junge, der eine Katze wurde … ‹, ›Leidenschaft im Briefkuvert‹, ›Zeitmaschine – STOPP!‹, ›Das Geheimnis um YOG'TZE‹, ›Wer andren eine Feder schenkt‹, ›Das Ekel von Horstel‹, ›Die sieben Jahreszeiten der Musik‹, ›Es geht eine Leiche auf Reisen‹, ›Die sieben Leben eines Fußball-Fans‹ und ›Textilfrei unter Straßenräubern‹, die mich dadurch ermunterten, fleißig weiter zu schreiben.

Die bisherigen 13 veröffentlichten Romane
von Manfred Schloßer

Straßnroibas, Liebe – Länder – Leidenschaften

... ein autobiographischer Roman über Manfred Schloßers Alterego Danny Kowalski, der genauso wie er während der letzten 3 ½ Jahrzehnte durch die Kontinente gereist ist und dabei allerlei interessante und aufregende Abenteuer erlebte, die mit fremden Kulturen, der jeweiligen Zeitgeschichte, lustigen Dödelkes und prickelnder Erotik gewürzt wurden.

»Der afghanische Soldat hielt mir seine geladene Kalaschnikow gegen die Brust und herrschte mich an: ›Verschwinde!‹, worauf ich mich schleunigst und bereitwillig in die Wüste am östlichen Stadtrand von Herat verkrümelte ... «

Dieser 2007 veröffentlichte Roman hat 408 Seiten, 17 farbige Illustrationen und ist im Buchhandel bereits vergriffen.

Aus der Presse: »Liebe, Länder und Leidenschaften: Ob Indien, Thailand, Nord- und Mittelamerika, Europa – es gibt kaum einen Ort auf der Welt, den Manfred Schloßer in den letzten 35 Jahren nicht besucht hat ... «
WESTFÄLISCHE RUNDSCHAU Hagen, Oktober 2007

Spätzünder, Spaßvögel & Sportskanonen
Vom ersten Kuss bis zur Traumfrau: meine Jugend hat spät begonnen ...

... ist die Geschichte von Danny Kowalski, der auszog, das Leben und die Liebe zu lernen. Als Spaßvogel und ›Sportskanone‹ war er ein Frühstarter, aber in der Liebe ein Spätzünder. Sein zweiter Roman von 2009 hat 368 Seiten, ist unter der ISBN-Nr. 978-3837032697 veröffentlicht und im Buchhandel oder im Internet zu beziehen.

Aus der Presse: Vom Leben und der Liebe: Der prickelnde Titel: »Spätzünder, Spaßvögel & Sportskanonen – Vom ersten Kuss bis zur Traumfrau: Meine Jugend hat spät begonnen« verspricht denn auch viel. Erzählt wird die Geschichte von Danny Kowalski, der von Westfalen auszog, das Leben und die Liebe zu lernen ...
WAZ RECKLINGHAUSEN, März 2009

Keine Leiche, keine Kohle …

… ist ein Ruhrgebiets-Krimi, wobei der verschwundene Tommy Gölzen-leuchtner gesucht wird. Die Hagener Kripo um Bandura und Julia Finken-siep rätselt, ob er tot oder gar ermordet worden ist? Danny Kowalski sucht jedenfalls im Auftrag für seine Versicherung den Verschwundenen und jagt so einem Phantom durch drei Kontinente und über zwei Jahrzehnte hinter-her: diese Jagd führte ihn in Städte wie San Francisco, New Orleans, Taipeh und Bangkok oder Khao Lak.
Sein dritter Roman von 2011 hat die ISBN-Nr. 978 – 3 – 8423 – 2009 – 3, ist mit 9 Farbfotos verschönert, hat 150 Seiten und kostet 9,95 €.
Aus der Presse: Sein allerneuestes Produkt hat auch, aber nicht nur mit Rei-sen zu tun. Vielmehr ist ein ›Hagen-Krimi‹ entstanden. ›Keine Leiche, keine Kohle … ‹ ist ein deutscher Krimi, der zumeist im westfälischen Ruhrpott spielt, aber die Handlung führt den Leser in einem Zeitraum von zehn Jahren auch einmal rund um die Erde.
WOCHENKURIER HAGEN, Februar 2011

Der Junge, der eine Katze wurde …

In diesem abgefahrenen Roman nimmt der junge Danny Kowalski Ende der 1960er Jahre in Domburg einen LSD-Trip, von dem er nicht mehr runter kommt. Die Handlung führt den Leser in einer abenteuerlichen Odyssee durch Süd-Holland, durch das Amsterdam der Hippies, durch die Wälder des Niederrheins und entlang der Flüsse und Kanäle Westfalens, in deren Verlauf Danny sich in eine Katze verwandelt. Sein vierter Roman von 2012 hat die ISBN-Nr. 978 – 3 – 8448 – 2827 – 6, ist mit 10 Illustrationen verschö-nert, hat 132 Seiten und kostet 8,95 €.
Aus der Presse: »Auf Drogen-Trip am Kanal. In seinem neuesten Buch ›Der Junge, der eine Katze wurde‹ nimmt der in Datteln aufgewachsene Manfred Schloßer seine Leser mit auf eine ungewöhnliche Reise.«
DATTELNER MORGENPOST, April 2012

Leidenschaft im Briefkuvert
... ist eine spannende Romanze mit historischem Hintergrund. Die Geschichte beginnt während des ›kalten Krieges« in den 1960er Jahren, als eine Ost-West-Brieffreundschaft die Gefühle der Beteiligten in Wallung brachte: » aber sie konnten zueinander nicht kommen !«
Sein fünfter Roman von 2013 hat die ISBN-Nr. 978 – 3 – 8482 – 3785 – 2, ist mit 18 Illustrationen verschönert, hat 152 Seiten und kostet 9,90 €.
Aus der Presse: »Komm nach Hagen, werde Popstar, mach Dein Glück!«
In seinem aktuellen Roman »Leidenschaft im Briefkuvert« – eine spannende Romanze mit historischem Hintergrund – schildert der Autor die Lebenslinien zweier Frauen. STADTMAGAZIN HAGEN, Juni 2013

Zeitmaschine – STOPP!
In seinem Öko-Science-Fiction entführt uns der Autor Manfred Schloßer in die historische Zeitkultur der 1960er und 70er Jahre. Seine beiden Protagonisten Danny Kowalski und sein griechischer Freund Alexis machen sich mit ihrer Zeitmaschine auf der Suche nach Jim Morrison und den Doors. Da die altertümliche Höllenmaschine sich als leicht defekt herausstellt, landen sie zwar erst in unserer Vergangenheit des letzten Jahrhunderts, stolpern aber immer wieder haarscharf an ihren anvisierten Zielen vorbei. Sein 6. Roman wurde 2014 veröffentlicht, hat die ISBN-Nr. 978 – 3 – 7357 – 7338 – 8, ist mit 17 Illustrationen verschönert, hat 108 Seiten und kostet 7,95 €.
Aus der Presse: Der Hagener Autor Manfred Schloßer hat jetzt sein sechstes Buch veröffentlicht. Hauptfigur ist wieder der schon durch seine anderen Romane recht bekannt gewordene Danny Kowalski. Er ist diesmal mit der Zeitmaschine unterwegs ...
WOCHENKURIER HAGEN, März 2014

Das Geheimnis um YOG'TZE

In diesem Kriminalroman klären die Protagonisten Kommissar Danny Kowalski und Kollegin Fanny Bevenbreucker einen 30 Jahre alten historischen Kriminalfall von 1984 auf. Ein Krimi muss nicht immer todernst sein, weshalb der Autor Manfred Schloßer oft humoristisch und augenzwinkernd unterwegs ist.

Sein siebter Roman wurde 2015 veröffentlicht, hat die ISBN-Nr. 978 – 3 – 7386 – 7530 – 6, ist mit 14 Illustrationen verschönert, hat 120 Seiten, kostet 7,99 €, ist aber nicht mehr zu bekommen.

Aus der Presse: »*Der seit 35 Jahren in Hagen lebende Manfred Schloßer hat sein siebtes Buch veröffentlicht. Der Krimi trägt den Titel ›Das Geheimnis um Yog'Tze‹. Dieses Mal hat er akribisch recherchiert, hat in Polizeiberichten gelesen und alte TV-Aufzeichnungen angeschaut. Denn obwohl die Handlung fiktiv ist, basiert sie auf einem echten Mordfall. Und den versucht Kommissar Kowalski zu lösen.*«
WESTFALENPOST HAGEN, März 2015

Wer andren eine Feder schenkt

In seinem 8. Roman taucht der Autor Manfred Schloßer tief in die 1970er Jahre ein, denn es geht um ›Eine Freundschaft seit der Hippie-Zeit‹. Eine Männerfreundschaft mit seinem ewigen Freund Harry, die 1974 begann und auch heute noch – über 40 Jahre später – währt. Dabei erleben die beiden so allerlei und vertiefen sich anschließend in Gespräche über Liebe, Lachen, Nächte. Und es wird wieder mal eine geballte Ladung an Sex, Drugs und Rock‹n Roll geboten.

Dieser achte Roman aus der Danny-Kowalski-Reihe von Manfred Schloßer wurde 2016 veröffentlicht, hat die ISBN-Nr. 978 – 3 – 7412 – 1512 – 4, ist mit 18 Illustrationen verschönert, hat 188 Seiten und kostet 7,99 €.

Aus der Presse: »*Abenteuer aus der Hippie-Zeit. Ein Tagebuch mit Eintragungen, Erinnerungen und Abenteuern aus den 70er Jahren hat Manfred Schloßer zu seinem neuen Roman animiert. In dem Roman taucht er tief in die Zeit seiner Jugend.*«
WESTFÄLISCHE RUNDSCHAU HAGEN, März 2016

Das Ekel von Horstel

In seinem 9. Roman ›Das Ekel von Horstel‹ klären Kommissar Danny Kowalski und seine junge flippige Kollegin Fanny Bevenbreucker eine alte Mord-Serie aus Horstel und Berlin von 2003, 2005 und 2007 auf. Er sucht aus seinem Keller-Büro bei der Hagener Kripo im Sonder-Dezernat ›Z‹ für unaufgeklärte Mordfälle zwei Mörder oder gar einen Auftragsmörder.

Dieser neunte Roman aus der Danny-Kowalski-Reihe von Manfred Schloßer wurde 2017 veröffentlicht, hat die ISBN-Nr. 978 3743 1709 40, ist mit 12 Illustrationen verschönert, hat 180 Seiten und kostet 7,99 €.

Aus der Presse: » *Ein neuer ›Schloßer‹: Das Ekel von Horstel. Ein Hauch von ›True Crime‹, einem besonders in den USA gern gelesenen Genre, ist dem Roman zuzuschreiben. Autor Manfred Schloßer ist auch im neunten Teil der Danny-Kowalski-Reihe wieder humoristisch und augenzwinkernd unterwegs.«*

WOCHENKURIER HAGEN, MÄRZ 2017

Die sieben Jahreszeiten der Musik

In seinem zehnten Roman ›Die sieben Jahreszeiten der Musik‹ kommt sein literarisches Alterego Danny Kowalski wieder groß raus. Autor Manfred Schloßer führt im 10. Teil der Danny-Kowalski-Reihe humorvoll durch ein musikalisches Kaleidoskop voller prickelnder Erotik und Abenteuerlust.

Eine ganze Generation wird bedient, und der Zeitgeist der 60er, 70er und 80er Jahre wird wieder erweckt. Dabei werden die besonderen Gefühle bei besonderen Momenten im Leben beleuchtet, wie der erste Kuss, die erste Liebe oder der erste Sex …

… und was dabei für eine Musik im Hintergrund lief.

Der 10. Roman von Manfred Schloßer ›Die sieben Jahreszeiten der Musik‹ aus dem Jahr 2017 ist unter der ISBN-Nr. 978-3-7460-5129-1 veröffentlicht worden, hat 224 Seiten, ist mit 28 Fotos verschönert und kostet 8,99 €.

Aus der Presse: Manfed Schloßer: Zehn Bücher in zehn Jahren.

In ›Die sieben Jahreszeiten der Musik‹ begibt sich Schloßer in Form seines literarischen Alteregos ›Danny Kowalski‹ durch die musikalische Zeitgeschichte der 60er, 70er, und 80er Jahre. Gefühle und besondere Momente finden Berücksichtigung und vor allem – die Hintergrundmusik des Lebens. Wer

sich nun fragt, warum es bei Manfred Schloßer gleich um sieben und nicht um vier Jahreszeiten geht, der sollte sich mit ›Danny Kowalski‹ auf die Reise begeben. Mehr wird hier nicht verraten.
WOCHENKURIER HAGEN, Dezember 2017

Es geht eine Leiche auf Reisen

In seinem elften Roman ›Es geht eine Leiche auf Reisen‹ klären Kommissar Danny Kowalski und seine Kollegin Fanny Bevenbreucker den Fall der 2015 in Hagen gefundenen skelettierten Leiche aus Dülmen auf. Erneut eine Story aus dem Genre True Crime. Wenn der Tod der jungen Frau nicht so eine ernste Angelegenheit wäre, könnte man fast von einer Kriminalkomödie sprechen.

Der 11. Roman von Manfred Schloßer ›Es geht eine Leiche auf Reisen‹ aus dem Jahr 2018 ist unter der ISBN-Nr. 978-3-7528-0930-5 veröffentlicht worden, hat 124 Seiten, ist mit 11 Fotos verschönert und kostet 7,99 €.

Aus der Presse: Autor greift für sein neues Buch auf Tötung einer Frau zurück. Der Hagener Autor Manfred Schloßer bringt seinen elften Roman heraus und lässt seinen Kommissar Danny Kowalski diesmal ein Verbrechen untersuchen, das in Hagen 2015 für Aufsehen sorgte. Das hier ist die Realität: Zwei Jahre nach dem Fund einer skelettierten Frauenleiche an der Hammacher Straße im Lennetal war ein Familienvater aus Dülmen im vergangenen Jahr zu sieben Jahren Haft verurteilt worden.
WESTFALENPOST HAGEN, September 2018

Die sieben Leben eines Fußball-Fans

Sein 12. Roman ist gleichzeitig eine Ode an Freundschaft, Treue und ungezügelte Spielleidenschaft des jungen Fußballers und Fans Danny Kowalski. Aber auch an die Liebe, Zärtlichkeit und Erotik, wenn es um die sechs Gründe außer Sex geht, keinen Fußball zu gucken. So ist für Frauen wie für Männer in diesem Roman was dabei.

Der Autor schwelgt in einem Kaleidoskop aus den Bereichen des Fußball-Schwärmlings und Ball-Lehrlings, dann als Spieler, Tisch-Kicker, immer als Fan, Sammler und Dokumentartor, leider auch öfters mal als

Fußball-Verletzter, später als Tipper und schließlich als ›Fachmann‹ und
Diskussionspartner …

Der 12. Roman von Manfred Schloßer aus dem Sommer 2019 ist unter der
ISBN-Nr. 978-3-7494-7368-7 veröffentlicht worden, hat 204 Seiten, ist mit 18
Fotos verschönert und kostet 10,-- €.
Aus der Presse: Die sieben Leben des Fußballfans
In den 60er-Jahren fand sich der heutige Autor Manfred Schloßer auf den
Aschenplätzen von Datteln ein und kickte oder pölte den Ball immer in
Richtung Tor. Allerhöchste Zeit, diesen Fußballerinnerungen ein Buch zu
widmen … Buchhändler Wolfgang Tänzer freut sich über den Besuch des
fleißigen Schreibers. Er weiß um die Dattelner Fans von Schloßer und nimmt
gerne auch das 12. Werk in seinen Bücherregalen auf.
DATTELNER MORGENPOST, August 2019

Textilfrei unter Straßenräubern

Sein 13. Roman beschreibt einfach mal was lockeres Humorvolles, relaxte Abenteuer-Geschichten aus allen fünf Erdteilen. Denn genau so was können die Leserinnen und Leser gut gebrauchen, in diesen schweren Zeiten der Corona-Krise.
Danny Kowalski erlebt dabei Abenteuer auf fünf Kontinenten, dieses Mal aus der Sicht seiner T-Shirts. Was die so alles mitgemacht haben … ? In diesem phänomenalen Textil-Album befindet sich eine Ansammlung von Textilien aus allen Kontinenten. Es zeugt davon, dass alle T-Shirts, Hemden, Hosen, Sarongs, Decken und Lungis an irgendeinem Körper fehlen, also irgendwann – irgendwo – irgendwie ausgezogen worden waren. Das ist ein wahrer Trumm von einem Folianten, 4 kg schwer, 45 cm hoch, 36 cm breit und 11 cm dick.

Der neue 13. Roman von Manfred Schloßer ›Textilfrei unter Straßenräubern‹ aus dem Sommer 2020 ist unter der ISBN-Nr. 9-783751- 946810 veröffentlicht worden, hat 228 Seiten, ist mit 21 Fotos verschönt und kostet 10,-- €

Ökologisches Prinzip.
Mein Verlag Books on Demand druckt nur auf direkte Nachfrage. D.h.: jedes Buch ist gewollt. Deshalb gibt es keine Halden und keine Lager voller ungewollter und ungenutzter Bücher. Das ist ein klares ökologisches Zeichen an den Umweltschutz: kein Baum wird unnötig gefällt … !